Frohe Weihnachten

CHRISTIANE RETZDORFF

Frohe Weihnachten

Kurzgeschichten

Bibliografische Information der Deutschen Nationalbibliothek:
Die Deutsche Nationalbibliothek verzeichnet diese Publikation
in der Deutschen Nationalbibliografie; detaillierte bibliografische
Daten sind im Internet über http://dnb.dnb.de abrufbar.

© 2019 Christiane Retzdorff
Satz, Umschlaggestaltung, Herstellung und Verlag:
BoD – Books on Demand, Norderstedt

ISBN: 978-3-7481-4589-9

Inhalt

Ein märchenhaftes
Weihnachtsgeschenk

Luca war an seinem letzten Schultag vor den Weihnachtsferien zu Fuß auf dem Heimweg. Immer wenn ein Fahrradfahrer ihn überholte, dachte er daran, dass er nun in der vierten Klasse der Grundschule auch ohne Begleitung der Eltern zur Schule radeln durfte. Deswegen wünschte er sich auch nichts sehnlicher zu Weihnachten als ein eigenes Fahrrad.

Vier triste Hochhaustürme tauchten vor ihm auf. Dort wohnte er mit seinen Eltern und der zweijährigen Schwester, mit der er sich ein Zimmer teilen musste. Diese Blöcke waren sozialer Wohnungsbau und ausschließlich von Leuten besiedelt, die ein geringes Einkommen hatten. So reichte auch in seiner Familie das Geld hinten und vorne nicht. Lucas Vater war Gabelstapler-Fahrer in einem Lager und die Mutter putzte nachts zwei Arztpraxen, um das Haushaltsgeld aufzubessern. Dieses war mit der Geburt seiner Schwester noch knapper geworden.

Voller Neid blickte er seit Monaten auf die Fahrräder seiner Klassenkameraden. Etliche fuhren schon moderne Mountainbikes, mit denen sie sogar einige Kunststücke vorführten. Auch trafen sie sich in einem nahen Wäldchen und probieren ihre Fähigkeiten bei rasanten Fahrten zwischen den Bäumen. Gern hätte Luca dieses Vergnügen mit ihnen geteilt, aber er war bereits als armer Looser abgestempelt.

Vermutlich erfüllten die Eltern seinen Weihnachtswunsch, doch würden wohl irgendwann einfach ein weggeworfenes Fahrrad im Fundbüro ersteigern. Und da sie kein Geld hatten, erwartete er nur eine alte Krücke. Dann würde er zwar endlich zur Schule radeln können, aber das Gespött seiner Schulkameraden ertragen müssen.

Gerade vor der Haustür angekommen, sah er, wie ein kleiner Vogel gegen die Scheibe eines Küchenfensters im Erdgeschoss flog. Er prallte ab und landete auf einer mit Raureif überzogenen Rasenfläche. Dort hockte er mit leicht offenem Schnabel und etwas gespreizten Flügeln. Zwar gab der Kleine noch Lebenszeichen von sich, aber wenn er sich nicht bald in die Lüfte erhob, wurde er auf dem gefrorenen Boden erfrieren.

Luca hob ihn ganz vorsichtig auf und versuchte ihn mit seinen Händen zu wärmen. Der Vogel zeigte keine Reaktionen, aber seine Augen waren geöffnet. Der Junge stand da und wusste nicht, was er machen sollte. Vielleicht sollte er das Tierchen mit hinauf in die warme Wohnung nehmen. Doch was würde passieren, wenn er begann, dort herumzufliegen, vielleicht versuchte, durch eine geschlossene Scheibe in die Freiheit zu gelangen und sich endgültig das Genick brach. Hilflos schaute Luca sich um.

Da sah er eine alte Frau auf sich zukommen, von der er wusste, dass sie auch in einem der Hochhäuser wohnte. Sie ging gebückt auf einen Stock gestützt. Ihr weißes langes Haar war zu einem Zopf geflochten, der am Hinterkopf zu einer Schnecke zusammengesteckt war. Sie trug einen knöchellangen, schäbigen Woll-Rock und eine nicht ganz saubere Jacke. Luca erschien diese Frau schon immer wie die böse Hexe, die er einst im Weihnachtsmärchen »Hänsel und Gretel« gesehen hatte. Ihre Erscheinung gruselte ihn. Am liebsten wäre er ins Haus gerannt, aber dazu müsste er den Schlüssel bedienen und in seinen Händen ruhte noch immer der kleine Vogel.

»Wie lieb von Dir, den kleinen Vogel aufzuheben und mit deinen Händen zu wärmen.«, sprach die Frau ihn an. »Es ist ein Wintergoldhähnchen. Das erkennt man an dem gelben Strich auf dem Kopf. Magst Du ihn mir geben?«

Da der Junge nicht wusste, was er mit dem Kleinen anfangen sollte, war er froh über dieses Angebot. Zaghaft streckte er seine Hände nach vorn und die Alte nahm vorsichtig den Vogel. Dabei sah Luca ihr zum ersten Mal direkt in die Augen. Diese waren von einem beinahe unwirklichen Stahlblau und strahlten in einer Klarheit, die er nicht erwartet hatte. Trotzdem blieb die Frau ihm unheimlich. Schnell öffnete er die Haustür und huschte hinein. Aber die Neugierde trieb ihn, sich umzuschauen. Durch die Scheibe der Tür konnte er sehen, wie die Alte den Vogel leicht in die Höhe hielt und ihn zärtlich anpustete. Wenige Sekunden später flatterte dieser davon.

Es war Heiligabend und die Familie versammelte sich wie immer um den sorgfältig geschmückten und mit elektrischen Kerzen erleuchteten Weihnachtsbaum aus Plastik, worunter drei Pakete ruhten. Doch Luka hatte sofort etwas neben dem Baum bemerkt, das mit einer roten Wolldecke verhüllt war und die Umrisse eines Fahrrads erkennen ließ. Zuerst durfte seine kleine Schwester das Papier zerreißen und freute sich über eine neue Puppe. Dann heuchelte die Mutter Überraschung über ein Fläschchen von ihrem Lieblingsduftwasser.

Nun war Luka an der Reihe. Die Eltern stellten sich rechts und links hinter das verhüllte Objekt. Ihre Mienen wirkten etwas unsicher. Dann griffen sie gleichzeitig nach der Wolldecke, zogen sie hoch und warfen sie in eine Ecke. Der Junge konnte nicht glauben, was er dort sah. Es war ein funkelnagelneues Mountainbike mit allem, was die Verkehrssicherheit forderte. Sogar eine Gangschaltung konnte er am Lenker erspähen. Es musste ein Vermögen gekostet haben. Sein Gesicht strahlte vor Freude.

Erleichtert warfen auch die Eltern einen Blick auf ihr Geschenk und erstarrten in fassungslosem Erstaunen, was ihr Sohn aber nicht bemerkte, da er vollkommen in das Bild seines Fahrrads versunken war. Fragende Blicke glitten zwischen beiden hin und her, die jeweils nur mit einem Achselzucken beantwortet wurden.

Da Luka sein Mountainbike in der engen Wohnung nicht ausprobieren durfte, musste er sich bis zum nächsten Tag gedulden. Schon sehr früh morgens schleppte er sein neues Fahrrad die Treppen hinunter. Auf dem Parkplatz vor den Hochhäusern drehte er seine ersten Runden. Der Lenker und der Sattel waren schon genau auf seine Größe eingestellt. Er fühlte sich frei wie ein Vogel und richtig erwachsen.

Obwohl es seine Eltern verboten hatten, radelte Luka am Nachmittag des ersten Weihnachtstags zu dem nahen Wald. Zwar war der Boden gefroren und etwas glatt, aber er fühlte sich stark genug für diese Herausforderung. Kurz vor den ersten Bäumen traf er die alte Frau, die ihn sogleich ansprach, weswegen er höflich anhielt.

»Frohe Weihnachten, Luka.«, grüßte sie ihn. »Da

hat der Weihnachtsmann Dir aber ein schönes Fahrrad geschenkt.«

»Ich glaube nicht an den Weihnachtsmann!«, empörte sich der Junge. »Das ist doch ein Märchen für kleine Kinder.«

Die Alte lächelte milde und ging auf ihren Stock gestützt davon. Das eisig kalte, trübe Wetter lud nicht zu Spaziergängen ein, weswegen Luka allein im Wald war. Übermütig testete er die Geländetauglichkeit seines Mountainbikes und war mehr als zufrieden. Nun konnte er mit seinen Klassenkameraden mithalten. Dabei betätigte er immer wieder die Fahrradklingel, deren Töne wie ein Windspiel zwischen den Bäumen tanzten.

Am zweiten Weihnachtstag erlaubte die Mutter nicht mehr, dass das Mountainbike weiter Platz in der kleinen Wohnung einnahm und forderte Luka auf, dieses nach seiner Tour im Fahrradkeller unterzubringen. Den Bedenken des Jungen, dort könnte es trotz des modernen Fahrradschlosses gestohlen werden, begegnete sie mit Unverständnis.

Als sich Luka gerade anschickte, sein Kleinod die Treppe hinunter in den Keller zu schleppen, stand plötzlich die alte Frau neben ihm.

»Mach Dir keine Sorgen. Niemand kann Dir jemals dieses Fahrrad wegnehmen.«

Dann war sie wie durch einen Zauber wieder verschwunden. Verwirrt schaute der Junge durch die Scheibe der Haustür nach draußen. Kein Mensch war zu sehen. Aber flog dort nicht gerade ein Wintergoldhähnchen vorbei?

Die Meerjungfrau

Maya hatte noch nie das Meer gesehen. Nach Ansicht ihrer Mutter Alma, die niemals ihre bayrische Heimatgemeinde verlassen hatte, ein bedeutungsloser Mangel. Auch ihren Vater Gerd zog es nicht in Gebiete, die außerhalb der dörflichen Ordnung lagen, besonders da ihn seine abenteuerlustige Mutter bereits als Kleinkind auf ihre Reisen durch Mexiko mitgenommen hatte. Gerd war dankbar in seiner Frau und an diesem Hort der Ruhe und Sicherheit endlich ein beständiges Zuhause gefunden zu haben. So wuchs Maya in dem Schatten felsiger Berge unter den Augen sorgender Mitmenschen und der katholischen Kirche wohl behütet nach seit langem bewährten Regeln auf.

Durch den von Almas Eltern geerbten großflächigen Bauernhof war der Familie bescheidener Wohlstand und hohe Anerkennung in der Dorfgemeinschaft beschert. Die Geburt von Mayas jüngerem Bruder sicherte zudem den Fortbestand des Betriebes und ließ die ganze Familie in eine sorgenfreie Zukunft blicken. Von der Tradition abweichende Vorstellungen hatten keinen Raum in den Gedanken dieser Menschen. Die massive Stetigkeit der Berge prägte auch ihre Seelen.

Doch Maya gelang es, ihren Eltern einen Urlaub mit zwei jungen Frauen, die gemeinsam mit ihr kurz vor dem Abschluss ihrer Ausbildung zur Kindergärtnerin standen, abzuringen. Auch wenn sie schon volljährig war, wäre es ihr nie in den Sinn gekommen, ohne die Einwilligung ihrer Eltern zu reisen. Und obwohl diese die Begleiterinnen aus der nahen Kleinstadt nicht für einen lobenswerten Umgang ihrer Tochter hielten, hatten sie doch soviel Vertrauen in Mayas moralische Grundsätze, dass sie ihrem Wunsch entsprachen.

Schon bei der Reise mit dem Zug, bemerkte Maya, wie anders die Menschen aus den Großstädten sich benahmen. Sie waren ständig so laut in ihren Worten und hektisch in ihren Gesten, wie Maya es nur von den Dorffesten her kannte. Gerade die jungen Leute schienen wenig Interesse an ihrer Umwelt zu haben, verschlossen ihre Ohren mit Stöpseln, aus denen Musik leise dröhnte oder telefonierten mit ihren Handys. Dabei zogen Landschaften mit sanften Hügeln vorüber, bis die flachen Ebenen den Blick in weite Ferne freigaben.

Mayas Begleiterinnen waren erfüllt von Vorfreude auf ereignisreiche Tage an der See, wo sich zur Ferienzeit und bei hochsommerlichen Temperaturen sicher etliche Besucher tummeln würden. Dabei war ihr Interesse naturgemäß auf das männliche Geschlecht gerichtet und schon die engen Jeans und die bauchfreien T-Shirts ließen keinen Zweifel daran, dass die jungen Frauen die Aufmerksamkeit auf sich ziehen wollten. Das entging auch nicht mitreisenden Männern in der Bahn, weshalb Mayas Begleiterinnen bald im Speisewagen verschwanden.

Ihr war schnell aufgefallen, dass ihre Kleidung sich deutlich von der Gleichaltriger unterschied. Zuhause trug sie bei besonderen Anlässen eines ihrer Dirndl, in denen ihre üppige, straffe Oberweite schon so manchen Betrachter hatte nervös werden lassen. Aber auf Anraten ihrer Begleiterinnen hatte sie darauf verzichtet, diese einzupacken. Doch es war ihr bewusst, dass anschmiegsame Hosen sie wenig kleideten, denn unter ihrer schmalen Taille rundete sich die Figur zu einem prachtvollen Hinterteil. Mayas so auffallend geschwungenen, weiblichen Formen standen in deutlichem Gegensatz zu den grazilen Gestalten, die sie umgaben.

Natürlich hatte auch Maya schon männliche Begierde geweckt, aber ihre streng katholische Erziehung erlegte ihr jene Zurückhaltung auf, die auch ihrem Wesen entsprach. Noch hatte kein Mann in ihr den Wunsch geweckt, ihm wahrhaft nahe zu sein. Die tölpelhaften Annäherungsversuche einiger junger Männer aus ihrem Dorf, hatten sie eher abgestoßen. Doch irgendwie schien es auch selbstverständlich, dass sie eines Tages einen von ihnen zu Manne nehmen würde. Diesem jedoch wollte sie sich unberührt hingeben. So wollte es die Tradition und so lehrte es ihr Glaube.

Das Meer zog Maya vom ersten Tag an in seinen Bann. Die grenzenlose Weite schien sie zu rufen. Ihre Gedanken trieben wie Holz auf den Wellen. Endlosigkeit und dunkle Tiefe gebaren lockende Geister, die die junge Frau aufforderten, die Grenzen ihres Denkens zu sprengen. Wenn der Wind peitschte, flogen weiße Flocken von den Schaumkronen der Wellen, kuschelten sich am Strand aneinander wie Liebende. Oder das ruhige Wasser tanzte mit Sonnenstrahlen, ließ die Seele ruhen, erzählte Geschichten von fernen Ländern. Muscheln und glitzernde Steine zu Mayas Füßen glichen kostbarem Schmuck. Und während sich ihre Begleiterinnen dem meist nächtlichen Amüsement hingaben, versuchte Maya zu begreifen, was der Anblick der Nordsee in ihr bewegte.

Dabei stieß sie in ihren Erinnerungen auf ihre Großmutter Margot, der sie ihren Namen zu verdanken hatte. Diese, durch die Entbehrungen der Nachkriegszeit gestählte Frau verließ, nachdem sie ohne Nennung des Vaters ihren Sohn Gerd geboren hatte, mitgezogen von den Befreiungsstreben der Studentenbewegung und erfüllt von dem hehren Ziel, den

Indios zu helfen, Deutschland Richtung Mexiko. Dort lernte sie viel über die Kultur der Mayas. Als der Sohn später getrieben von einer unerklärlichen Sehnsucht in seine Heimat zurückkehrte, nahm er dieses Wissen mit. Deswegen nannte er wohl aus einer gewissen Sentimentalität heraus seine Tochter Maya. Doch dieser Name blieb die einzige Verbindung zu der Mutter, die immer noch irgendwo auf der Welt ihren Idealen folgte und deren Name schon lange nicht mehr in der Familie erwähnt wurde.

Vielleicht strömte etwas von Margots Blut an jenem frühen Morgen ihres Abreisetages durch Mayas Adern als sie in Gedanken versunken am Strand saß, lange bevor es die anderen Urlauber aus ihren Betten trieb. Die Sonne, die in ihrem Rücken aufging, warf kleine Lichter auf die ruhige See. In dieser stillen Stunde fühlte Maya sich eins mit dem Gott, der ihr sonst nur in der Kirche begegnete. Kein Berg begrenzte die Sicht und sprach von Dauerhaftigkeit. Die Erkenntnis über den stetigen Wandel verlieh dem Augenblick Bedeutung.

Aus ihrer blinden Träumerei entstieg ein Mann dem Meer. Die Tropfen auf seinem Körper fingen das Morgenlicht. Seine sportliche, kraftstrotzende Gestalt verharrte regungslos am Saum des Wassers. Es war Maya nicht bewusst, dass sie mit ihrem knöchellangen, grünen Baumwollrock, dem engen sandfarbenen T-Shirt und ihren offenen, flachsblonden, bis zur Taille über Rücken und Brüste fallenden Haaren dem Bild einer Meerjungfrau entsprach. Mit festem Schritt kam der Mann auf sie zu.

Ihr war er schon aufgefallen, als sie ihn zum ersten Mal am Strand gesehen hatte. Er hieß Gerald und arbeitet als Rettungsschwimmer und Surflehrer. Sein frohes Lächeln hatte sie bezaubert, doch er war ständig umlagert von jungen Verehrerinnen und hatte Maya in der Masse der Urlauber nicht bemerkt. Doch nun waren sie beide allein in der milden Wärme des erwachenden Tages.

Sie betrachteten einander wie Erscheinungen aus einer fremden, mystischen Welt. Gerald sank geschmeidig neben Maya in den Sand. Ihre Blicke tauchten ineinander ein. Kein Wort störte ihre Berührungen. Ihre Körper verschlangen sich voller Hingabe und wurden eins. Zurück blieb das Blut der Unschuld auf gelbem Grund, während beide gefühlstrunken in entgegengesetzte Richtungen zogen. Die Erinnerung an das eben Geschehene wandelte sich im diffusen Licht des süßen Entzückens zu einem unwirklichen Traum, der beiden verbot, sich zueinander umzudrehen, um den Zauber nicht zu zerstören.

Weder Bedauern noch Sehnsucht trübten Mayas Heimfahrt. Das Erlebte hatte nur Platz in einem geheimen Kämmerchen ihrer Seele aber nicht in der Wirklichkeit. Sie bewahrte es dort, gleich einem kostbaren Schatz, nur zur gelegentlichen Betrachtung. Doch holte sie diesen nicht zu oft hervor, denn Maya wusste um die Gefahren unerfüllbarer Wünsche.

Aber die Wirklichkeit ließ sich nicht aussperren. Schnell erkannte Maya, dass sie Geralds Kind unter dem Herzen trug, und auch ihrer Mutter blieb die Veränderung nicht verborgen. So offenbarte sich Maya ihr, selbst verwirrt darüber, dass der Schleier der verzückten Erinnerung jäh zerriss. Doch ihm wich die Freude darüber, dass kein Traum Mayas Sinne umfangen hielt, sondern aus dem Tatsächlichen neues Leben wuchs.

Mayas Mutter war entsetzt und wütend. Welch eine Schande für die ganze Familie. Die Schwangerschaft musste unbedingt vor jedermann geheim gehalten werden, und das Kind der Unzucht durfte niemals das Licht der Welt erblicken. Nur eine schnelle Lösung in der anonymen Großstadt könnte Mayas Ehre und die der Familie retten.

Maya hatte diese Reaktion ihrer Mutter nicht erwartet, stand sie doch in krassem Widerspruch zu dem Glauben der Familie. Wenn sie auch einsah, dass die dörfliche Gemeinschaft sich über einen derartigen Fehltritt entrüstete, hatte sie doch gehofft, dass sich die Wogen bald glätteten. Allerdings musste sie zugeben, dass nie ein Bastard unter ihnen gelebt hatte. Es war ein ungeschriebenes Gesetz, die moralische Ordnung unter allen Umständen zu bewahren. Der Einzelne mit seinen Wünschen hatte sich zu fügen oder wurde ausgeschlossen.

Als sich Maya am frühen Morgen, ausgestattet mit einem Bündel Bargeld aus den Ersparnissen ihrer Mutter, auf dem Weg zum Zug in die Großstadt machte, verharrte sie kurz an dem kleinen Wildbach, der das Dorf kreuzte. Sie hatte sich nie gefragt, wohin er wohl floss, aber sie war sich auf einmal sicher, dass sein Weg im Meer endete. Sie blickte zurück auf die friedlich schlummernden Häuser und spürte Wehmut im Herzen. Nun würde sie doch einen anderen Weg gehen, als den von ihrer Mutter geplanten.

Als Ort für ihr neues Leben wählte Maya Berlin, nicht weil sie diese Stadt kannte oder besonders mochte, sondern weil sie weit genug von dem Meer und den Bergen entfernt war. In der Menge unterschiedlicher Menschen würde sie keine besondere Beachtung finden. Die Anonymität der Großstadt bot ihr Schutz und barg kaum die Gefahr, schmerzliche Erinnerungen an ihr Zuhause zu wecken.

Wie von selbst übernahm nun die Vernunft die Führung über alle ihrer Handlungen. Von dem Bauernhof war es Maya gewohnt, körperlich schwere Arbeit zu erledigen und sich vor Schmutz nicht zu scheuen. Außerdem war sie mit Liebenswürdigkeit, Bescheidenheit, Fleiß und der Gabe des ungezwungen und gleichzeitig pflichtbewussten Umgangs mit jungen Menschen ausgestattet, so dass sie bald eine Arbeit in einem Kindergarten fand. Dort schätzte man ihr Fähigkeiten so sehr, dass sie nach einer problemlosen Geburt auch ihren kleinen Sohn mitbringen durfte.

Maya nannte ihn Jonas, und er war von Anfang an ein genügsames und stets fröhliches Kind, das sich bequem in jede Lage einfügte. Wen seine blauen Augen anstrahlten, dessen Herz öffnete sich. Doch trotz der Beliebtheit, der sich Mutter und Kind erfreuten, lebten sie außerhalb des Kindergartens in ihrer kleinen Wohnung sehr zurückgezogen. Zwar hatte die Stadt Maya mit offenen Armen empfangen, doch konnte sie ihr die Heimat nicht ersetzen. Der nie endende Lärm der Autos, die allgegenwärtigen bunten Lichter und die stets eilenden Menschen gaben Maya das Gefühl, in einem Strudel mitgerissen zu werden. Täglich wuchs in ihr die Sehnsucht nach der beschaulichen Ruhe ihres Dorfes, auch wenn sich ihr Verstand dagegen wehrte.

Als Maya im vierten Jahr ihrer Flucht aus der Heimat zur Erbauung ihres Sohnes Jonas über einen der zahllosen Weihnachtsmärkte der großen Stadt bummelte, gequält von einem Brei aus wunderschönen, bekannten Weihnachtsliedern und der aufdringlichen Fröhlichkeit von Glühwein beseelten Besuchern, konnte sie ihre Tränen nicht länger zurückhalten. Nichts schien an diesem Ort eine echte Bedeutung zu haben. Weihnachten war auch nur ein weiterer Anlass für Ausschweifungen zur Huldigung des Wohlstandes. Selbst die Bettler nutzten listig diese Zeit, um ihren Gewinn aus der Freigebigkeit zu ziehen, die eher dem Ziel der Selbsterhöhung entsprangen als einem wahren Mitgefühl.

Wie gehetzt zog Maya ihren Sohn durch das Gewühl, bis sie sich schließlich in einer prachtvollen Kirche wiederfand. Während Jonas staunend die Bilder, bunten Fensterscheiben und goldenen Ornamente betrachtete, sank Maya verzweifelt auf die Knie. Sie hatte lange nicht mehr gebetet und doch fühlte sie sich zwischen diesen Mauern geborgen. Die Erinnerung an ihre Eltern, den Bauernhof, das Dorf und die Dorfkirche überschwemmten sie wie eine Flut. Es dauerte einige Zeit, bis sie zur Ruhe kam und Jonas Hand auf ihrer Schulter spürte, der gebannt auf das Kreuz über dem Altar blickte.

Wieder in der kleinen Wohnung angekommen, fürchtete sich Maya davor, ihren Entschluss in die Tat umzusetzen. Würde sie von ihrer Familie abgewiesen, würde ihr Herz brechen. Doch es nicht zu versuchen, bedeutete, sich selbst zu verbannen. Als endlich die vertraute Stimme ihrer Mutter am Hörer erklang, war Maya unfähig ein Wort hervorzubringen. Doch die Mutter wusste sofort, dass dieses der von der Familie sehnsüchtig erwartete Anruf war und die verlorene Tochter endlich nach Hause zurückkehren würde.

Der herzliche Empfang der Maya und Jonas bereitet wurde, machte jedes Wort über Bedauern, Reue und Schuldzuweisungen überflüssig. Die nie erloschene Liebe brannte hell in allen Herzen und ließ den kleinen Bub voller Freude seine Großeltern und seinen Onkel erleben. Und dann schien das Glück zu einem Feuerwerk zu explodieren, als noch ein weiterer Gast hinzutrat, die so lange vermisste Margot.

Am großen Küchentisch bei einer zünftigen, bayrischen Brotzeit, vor sich den Adventskranz mit vier leuchtenden Kerzen, erzählten nun alle mit fröhlicher Offenheit, was sie in den letzten Jahren erlebt hatten. Erstaunen, Bewunderung und Lachen wechselten sich ab. Liebevolle gegenseitige Anerkennung senkte ihren Frieden über die Familie.

Der Wunsch, die wieder gewonnene Eintracht nicht zu stören, verbat jede Frage nach dem Vater von Jonas. Aber wenn Maya allein in ihrem Zimmer war, zog es sie immer öfter in das Kämmerlein ihrer Erinnerung, wo das Gefühl ruhte, das sie beim ersten Anblick von Gerald hatte erbeben lassen. Daneben schlummerte ein leidenschaftliches Verlangen mit dem Rausch der Erfüllung. Und es war nicht nur ihr Körper sondern auch ihre Seele, die sich nach jener vollkommenen Vereinigung sehnten und Maya das Wesen der Liebe erkennen ließen.

Es fiel niemandem auf, wie ausgiebig Margot ihren Urenkel musterte. Es war nicht die aufgeweckte, lustige Art von Jonas, die sie fesselte, sondern seine Ähnlichkeit mit einem jungen Mann, dessen Bekanntschaft Margot in Mexiko gemacht hatte. Sie sah ihn noch auf den mächtigen Wellen dahingleiten, so eins mit dem Element, nicht sein Bezwinger sondern sein Gefährte. Doch sie konnte sich weder an seinen Namen erinnern noch woher er kam.

Am Tag vor Heiligabend waren alle Frauen damit beschäftigt, dass Haus festlich zu schmücken, während der Bauer mit seinem Sohn und seinem Enkel im Wald einen passenden Weihnachtsbaum aussuchte und schlug. Es war Zufall, dass Maya den gleichen grünen Baumwollrock und das sandfarbene T-Shirt trug wie an jenem schicksalhaften Morgen am Meer. Als ihre Großmutter Margot ihrer angesichtig wurde, öffnete sich unverhofft ein Fenster ihrer Erinnerungen. Die Meerjungfrau!

Nur einmal hatte ihr der junge Mann, an dessen Name Gerald sie sich bald erinnert hatte, die Geschichte von seiner Meerjungfrau erzählt. Obwohl gewohnt an die Sagenwelten der Indios, hatte Margot sie nicht geglaubt. Es konnte nur ein Märchen sein, dass sich der jüngste Spross einer reichen Familie, dem, Dank zweier ehrgeiziger Brüder, die Freiheit gewährt wurde, sein Leben den Herausforderungen des Meeres zu widmen, unsterblich in eine Meerjungfrau verliebt hatte und sie fortan an allen Stränden der Welt suchte. Gerade weil er ansonsten den Eindruck klaren Verstandes machte, vermutete Margot damals eher, er wäre von der mystischen Welt der Einheimischen angesteckt worden oder er hätte die Geschichte erfunden, um sich interessant zu machen. Doch nun deutete sie plötzlich den Ausdruck tiefer Wehmut in seinen Augen als Zeichen inniger Gefühle. Irgendwo hatte Margot damals seine Telefonnummer notiert.

Es war Brauch in der Familie, dass nach dem Kirchgang zuerst ein gemeinsames Gänseessen folgte, bevor die Bescherung unter dem prächtigen Christbaum begann. Jonas, in Erwartung vieler Geschenke, war ungewohnt zappelig bei Tisch. Alle anderen jedoch genossen ihre Vorfreude, noch erfüllt von der Predigt, in stiller Besinnlichkeit. Das überraschende Läuten an der Tür ließ die frohe Gemeinschaft zusammenzucken. Jonas schrie begeistert »der Weihnachtsmann« und rannte los. Wenige Augenblicke später stand Gerald im Zimmer, seinen Sohn ehrfürchtig an der Hand haltend. Und sein Lächeln erfüllte den Raum mit einem weiteren Zauber der Liebe.

Schusswechsel im Kaufhaus

Knut war sich sicher, dass es ein himmlisches Zeichen war, als er am frühen Morgen den Müll herunterbrachte und im Flackerlicht einer Glühbirne etwas ganz Unerwartetes in der Tonne fand. Er wählte stets bewusst diese Zeit, in der noch Stille über dem Haus lag. So ging er der unerträglichen Fröhlichkeit der Hausmeisterfrau aus dem Weg, den albernen Schulkindern und der Dicken mit ihrem ständig wedelnden Pudel. Ganz vorsichtig fischte er die vollautomatische Handfeuerwaffe aus der Abfalltonne, vergewisserte sich durch etliche Fernsehsendungen geschult, dass sie geladen war und trug sie beglückt in seine kärgliche Wohnung. Dort legte er die Waffe auf den Tisch, machte sich einen Kaffee, entgegen seiner sonstigen Gewohnheit schwarz, ohne Milch und Zucker, und betrachtete, lässig eine Zigarette in Mundwinkel, die himmlische Botschaft.

Nicht weit entfernt genoss Marlene ihren Morgentee, erfreute sich an dem sorgsam geschmückten Adventskranz, dessen vierte Kerze sie am nächsten Tag entzünden würde und lauschte der weihnachtlichen Musik aus dem Radio. Heute würde sie sich in den vorfestlichen Trubel stürzen und die letzten Geschenke für ihre Freunde einkaufen. Auch wenn kein Lebenspartner ihr Dasein bereicherte, war sie weit von Einsamkeit entfernt. Marlenes uneigennützige Hilfsbereitschaft nahmen die Leute gern in Anspruch, übertrugen ihr mit Freude Aufgaben, die ihnen selbst lästig waren. Ihr Dank drückte sich darin aus, Marlenes Rentnerleben umfassend auszufüllen.

Hugo hatte sich eine andere Freizeitbeschäftigung gesucht. Als pensionierter Polizeibeamter verbrachte er seine Tage gern in Kaufhäusern, um Ladendiebe zu beobachten, die sich gerade vor Weihnachten in großer Zahl zwischen den Waren tummelten. Doch zeigte er sie nicht an, sondern vergnügte sich dabei, ihr Verhalten zu studieren und sich über die Unfähigkeit der angestellten Detektive zu amüsieren. Und so kannte er auch Frieda, die fidele Dame mit ihren Gehwagen als Tarnung, die es eigentlich nicht nötig hatte, hin und wieder eine Kleinigkeit einzustecken.

***

In den himmlischen Gefilden herrschte ein ganz anderes Problem. Irgendjemand hatte die Nummer der Hotline für die direkte Beratung durch Engel unter die Menschen gestreut, weswegen diese nun vollkommen überlastet war. Vertraglich verpflichtet, sich jede auch noch so absurde Bitte anzuhören und allen Anrufern ein offenes Ohr zu schenken, waren die zuständigen Engel im Dauerstress. Schließlich mussten die Weihnachtsengel als Verstärkung gerufen werden, die sich zwar in Lebensberatung nicht auskannten, aber ihr Bestes gaben. Aber diese, gerade eingearbeitet, fehlten nun im Weihnachtsgeschäft. So half man sich damit, andere Engel für den so wichtigen Event abzustellen. Einer von ihnen war der Liebesengel Amor.

Dieser war wenig begeistert, denn er hasste die kalte Jahreszeit und ließ sich nur selten in der Nähe von Mistelzweigen oder Glühweinständen blicken. Die anstrengende Frühlings- und Sommersaison hatte ihn so sehr in Anspruch genommen, dass er deutliche Zeichen eines Burn-out-Syndroms an sich bemerkte. Außerdem war er ein Engel der Tat, sein Gesang war grausig und die Verbreitung von Friedensbotschaften nicht sein Ding. Doch Befehl war Befehl. Also suchte er sich ein kuscheliges Plätzchen in einem Kaufhaus und beschränkte seine Aktivität auf pure Anwesenheit.

***

In seinen besten, grauen Anzug gewandet, die Waffe in einem unscheinbaren Jutebeutel von Greenpeace verwahrend, betrat Knut das Kaufhaus am späten Vormittag. Die üblichen Weihnachtsklänge quälten sein Ohr und Paket bepackte Leute schubsten ihn gegen bunte Dekoration. Er fühlte sich in größeren Menschenansammlungen unwohl, da er selten seine Wohnung verließ. Einsamkeit war zu seinem erklärten Lebenssinn geworden. Doch heute würde die Welt auf ihn blicken. Er hatte es gründlich satt, von niemandem bemerkt zu werden. Das Weihnachtsfest, bei dem alle so taten, als würden sie zu guten Menschen mutierten, ging ihm schon seit Jahren auf den Geist. Dem würde er mit einem Amoklauf ein Ende setzen. Da kam ihm das freundlich lächelnde Gesicht der so hilfsbereiten Marlene gerade recht. Sie sollte die erste sein, die mit Knut, dem Wutbürger, Bekanntschaft machte. Achtsam sich umschauend, entnahm er die Waffe dem Beutel und ließ sie unter sein Jackett gleiten. Diese ungewöhnliche Handlung entging weder Amor noch dem ehemaligen Polizeibeamten Hugo. Beide waren eher neugierig als entsetzt. Der unscheinbare Mann im grauen Anzug wirkte vollkommen ungefährlich, war es aber wert, weiter im Auge behalten zu werden.

Dann ging alles ganz schnell. Marlenes Gesicht verzog sich zu einem strahlenden Lachen, als sie einen günstigen Schal auf einem der Tische entdeckte. Ungestüm zog sie ihn heraus und schwang ihn munter in der Luft. Das war zu viel der Lebensfreude. Knut zog die Vollautomatische und drückte ab. In einem Reflex warf sich der Expolizist Hugo auf Marlene und riss sie zu Boden. Dabei kreuzten beide die Flugbahn von Amors Pfeil, der auch meinte, sich einmischen zu müssen und wurden getroffen. Knuts Schuss hingegen ging ins Leere und wurde von den anderen Kunden im allgemeinen Trubel überhaupt nicht wahrgenommen.

Eng umschlungen lagen Marlene und Hugo auf den Fliesen und wollten gar nicht mehr voneinander lassen. Die alte Frau mit Gehwagen namens Frieda schlich vorbei und bemerkte mit abfälligen Blick: »Haben Sie kein Zuhause?« Danach stieß sie, durch diese Szene abgelenkt, mit Knut zusammen, der immer noch die Waffe in der Hand hielt und überhaupt nicht mehr wusste, was er hier machte.

Frieda blickte streng auf das mörderische Gerät und forderte: »Stecken Sie das weg. Sie erschrecken ja die Leute.« Amor fürchtete Schlimmes und damit seine Mission endgültig vergeigt zu haben. Also tat er das, was er am besten konnte und schoss erneut einen seiner Pfeile ab, der nun Frieda und Knut durchbohrte. Dann flog der Liebesengel vollkommen entnervt davon, meldete sich krank. So sah er nicht mehr, wie Frieda ihren überflüssigen Gehwagen losließ und den verwirrten Knut heftig küsste.

In diesem Jahr gab es für Knut zu Weihnachten Gänsebraten in Friedas hübsch dekoriertem Heim. Und was Marlene und Hugo unter dem Christbaum trieben, bedarf keiner weiteren Erklärung.

Das Weihnachtsgedicht

Kurz vor dem Ende der Deutschstunde verkündete die Lehrerin:

»So, wir haben uns in den letzten Wochen ausgiebig mit Lyrik beschäftigt. Nun möchte ich wissen, welche poetischen Talente in Euch schlummern. Das Weihnachtsfest steht bevor, weswegen Ihr die Hausaufgabe bekommt, bis zur nächsten Stunde ein Weihnachtsgedicht zu schreiben. Es soll aus mindesten 6 Zeilen bestehen und in Paar- oder Kreuzreimen verfasst sein. Dabei dürft Ihr euch ruhig der schlichten Alltagssprache bedienen.«

Schon klingelte es und die Schüler stürzten in die Pause.

Erst nachmittags erinnerte sich Paul mit Grauen an die Aufgabe. Seine Leistungen im Fach Deutsch waren ohnehin schlecht und nun sollte er auch noch dichten. Schelmisch lachte er, denn es war leicht, diese Forderung der Lehrerin zu erfüllen. Im Internet fanden sich bestimmt viele Weihnachtsgedichte unbekannter Laienschriftsteller, von denen er eines übernehmen konnte. Schnell fand er, was er suchte, wählte eine verschnörkelte Schrift für den Text und druckte ihn aus.

Am folgenden Tag übergab er der Lehrerin das Gedicht, die sehr erstaunt darüber war, wie schnell der sonst eher faule Paul die Hausaufgabe erledigt hatte. Doch auch sie kannte sich mit dem Internet aus und merkte bald, dass der Text nicht von ihrem Schüler sondern einer anderen Person gedichtet worden war.

Nach der nächsten Deutschstunde bat sie Paul zu einem Gespräch und offenbarte ihm, was sie entdeckt hatte. Streng urteile sie, dass das Verwenden von fremden Texten ohne den Urheber zu nennen, ein Straftatbestand sei. Wenn Paul nicht bis zur nächsten Stunde ein von ihm selbst verfasstes Gedicht vorlegen würde, müsste sie seine Eltern über das kriminelle Verhalten ihres Sohnes aufklären.

Paul war wütend, dass sein Trick aufgeflogen war und fürchtete, dass, wenn seine Eltern davon erfuhren, er zur Strafe das von ihm gewünschte, neuste und modernste Smartphone nicht zu Weihnachten bekommen würde. Das wäre eine Katastrophe, würde seinem Ansehen bei Gleichaltrigen erheblich schaden. Also setzte er sich nachmittags schweren Herzen hin und versuchte zu dichten.

Doch zum Thema »Weihnachten« fiel ihm überhaupt nichts ein. Also bat er seine Facebook-Gemeinschaft um Hilfe. Die Antworten kamen prompt.

›An diesem Tag feiern die Menschen die Geburt eines Kindes armer Bauern. Es kam im Stallmist zur Welt und hatte nicht mal ein Bett. ‹

›Weihnachten wird der Abholzung der Wälder gedacht. Als Symbol diene dafür ein sogenannter Weihnachtsbaum.‹

›Es wird gefeiert, weil Außerirdische, die von Himmel hoch herkamen, auf der Erde landeten.‹

›Das Fest ist eine Erfindung der Großkapitalisten um den Konsum anzukurbeln.‹

›Mit Liedern wie »Leise rieselt der Schnee« wird auf den Klimawandel aufmerksam gemacht.‹

Diese Vielzahl von Erklärungen half Paul aber nicht weiter. Was verband er mit Weihnachten? Seine Eltern, Geschenke, Gänsebraten, den Austausch mit etlichen Leuten über Facebook und Instagram, Fotos machen und in die Welt versenden. Er begann zu schreiben.

»Für euch schreib ich das Gedicht.
Meine Worte eher schlicht, ...«

Das wollte die Lehrerin doch. Schlichte Alltagssprache.

»denn ich bin doch kein Poet,
weshalb mir auch der Spaß vergeht.«

Paul grinste zufrieden.

»Nun will ich die Geschenke haben
und mich am Gänsebraten laben.

Haben wir dann aufgegessen,
könnt ihr mich auch gleich vergessen.

Wir tun dann, was uns gefällt,
in unsrer schönen Handy-Welt.«

Das Gedicht gefiel seinen Eltern bestimmt, weil es genau ihr Weihnachtsfest beschrieb.

Der lächelnde Jesus

Alois Moiser lebte in einem kleinen Dorf, hinter dem sich mächtig die Alpen erhoben. Seine Familie hatte ein gutes Auskommen und genoss Ansehen weit über die Nachbarschaft hinaus, denn der Mann war ein Holzschnitzer und fertigte kunstvolle Figuren, Krippen und sogar Altarbilder, die manche Kirchen im Land schmückten. Ihn selbst kümmerte es wenig, was die Leute von ihm hielten, denn die meiste Zeit verbrachte er in seiner Werkstatt und arbeitete. Damals, im Mittelalter, hatte die Kirche große Macht und Einfluss und so waren es ausschließlich religiöse Motive, die durch das Geschick seiner Finger mit dem Schnitzmesser entstanden wie Darstellungen des gekreuzigten Jesus, der Jungfrau Maria und Bilder von den Gleichnissen aus der Bibel. Selbst Bischöfe und andere Würdenträger ließen sich durch ihn verewigen.

Auch wenn die katholische Kirche den Grundstein für den Wohlstand seiner Familie sicherte, war Alois Moiser dieser nicht so zugeneigt, wie seine Frau es sich wünschte. Mit ihren strengen Regeln und der ständigen Rede von Schuld und Vergebung hatten Priester den Menschen das Lachen genommen. Frohsinn an sich weckte bei den hohen Herren schon Misstrauen. Jede noch so zaghafte Form der Rebellion oder der Andersartigkeit bekämpfte sie mit harten Mitteln. Die heilige Inquisition war das Schreckgespenst jener Zeit und suchte jeden heim, der sich verdächtig machte, ihren Ansichten nicht zu folgen.

Manches Mal bedrückte der Anblick seiner stets voller Leid und Ernsthaftigkeit blickenden Figuren das Gemüt des braven Mannes. Zwar war er kein großer Denker sondern nur ein begnadeter Handwerker mit viel Sinn für Feinheiten, doch je länger er mit seinen Figuren und Bildern allein war, desto mehr meinte er, sie würden zu ihm sprechen, ihn geradezu bitten, ihrem Antlitz etwas mehr Lebensfreude zu verleihen. Aber er wagte nie, sich diese Freiheit zu nehmen, denn er ahnte, dass dies eine harte Strafe nach sich ziehen würde. So schnitzte er weiter Gesichter voller Kummer und Sorgen.

Eines Tages jedoch, als er im Auftrag eines Kaufmanns an einer hölzernen, kleinen Jesus-Statue arbeitete, die den Messias aber nicht ans Kreuz genagelt zeigen sollte, sondern aufrecht stehend, die Arme rechts und links mit geöffneten Handflächen zum Segen abgespreizt, hüpfte unvermittelt eine Maus auf die Arbeitsplatte und erschreckte den Schnitzer. Das Messer, mit dem er gerade die Konturen des Gesichts ausarbeitete, rutschte kurz aus, was ihm einen derben Fluch entlockte. Schnell flitzte die Maus von dannen. Die Figur war beinahe fertig, doch durch das Missgeschick zeigte der Mund des Heilands plötzlich ein mildes Lächeln.

Alois betrachtete sein so verunstaltetes Werk und empfand seit langer Zeit wieder eine tiefe, innere Freude. Dieses Bildnis vom Gottessohn verströmte Liebe und Menschlichkeit. Es gab Hoffnung und Zuversicht. Es forderte auf, das Leben anzunehmen und sich der Vergebung der Sünden gewiss zu sein. Ihm war, als würde die Figur von innen leuchten und sein Herz öffnen. So stand sie vor ihm, kaum größer als einen Fuß Länge und doch mit einer Erhabenheit, die jeden Zweifel an Jesus Botschaft hinwegfegte.

Er hatte, gefesselt von dem Anblick, das Eintreten seiner Frau nicht bemerkt. Wie jeden Nachmittag brachte sie ihm Kuchen und Wasser. Als sie des lächelnden Heilands angesichtig wurde, schrie sie entsetzt auf. Welch eine Gotteslästerung in ihrem Hause. Diese verachtungswürdige Figur musste sofort vernichtet werden. Wie konnte ihr Mann den Heiland so entwürdigend fröhlich darstellen und seine Familie damit in Gefahr bringen. Wenn irgendjemand diese schändliche Darstellung sehen würde, wären ihnen Folter und der Scheiterhaufen gewiss. Wie eine Furie versuchte sie des Übels habhaft zu werden, doch Alois hielt sie zurück. Beruhigend versicherte er ihr, dass ihm lediglich das Schnitzmesser ausgerutscht sei und dass er die Ursache für ihre Aufregung sofort verbrennen würde. Behutsam geleitete er sie hinaus mit den Worten, dass beide über diesen Vorfall Stillschweigen bewahren müssten.

Sein Weib hatte Recht. Der lächelnde Jesus würde Misstrauen und sogar Schlimmeres in den Hütern des Glaubens wecken. Aber es war Alois unmöglich, ihn der Vernichtung der Flammen preiszugeben. Er hüllte ihn in ein altes Leinentuch und versteckte ihn unter einer Holzbohle am Boden. So konnte er ihn, wenn er sicher war, nicht ertappt zu werden, immer wieder hervorholen und mit ihm Zwiegespräch halten. Zur Vertuschung seines Schwindels warf er ein gleich großes Holzscheit in den Kamin.

***

Wie jeden Morgen in den letzten Tagen zündete Helene Wagner die vier Kerzen des Adventskranzes an, bevor sie sich zum Frühstück setzte. Diese Gewohnheit vermittelte ihr Beständigkeit. Im Radio spielten Weihnachtslieder und sie bestrich andächtig ihr Brot mit Marmelade. Ungerufen gesellten sich ihre Erinnerungen dazu, beginnend in einer fernen

Zeit als sie, selbst noch Kind, die letzten Stunden vor der Bescherung in aufgeregter Erwartung und Freude erlebte. Als ihre Eltern später verunglückten, füllte diese Lücke bereits ihre eigene Familie. Betriebsamkeit beherrschte damals den Vormittag mit letzten Einkäufen und dem Schmücken des Tannenbaums, während der eigene Sohn seine Ungeduld kaum zügeln konnte. Als dieser dann schon beinahe erwachsen war, rebellierte er gegen die ungeschriebenen Regeln des Festes und konnte doch seine Freude über die Geschenke nicht verbergen, verschlang Unmengen der Weihnachtsgans, um dann mit seinen Freunden in das Nachtleben einzutauchen. Helene schmunzelte bei dem Gedanken.

Als ihr Mann unerwartet starb, fühlte der Sohn sich verpflichtet, am Heiligabend bei seiner Mutter auszuharren, doch sie drängte ihn, seinen eigenen Wünschen zu folgen. So hatte sie die Ruhe, allein neben dem erleuchteten Christbaum um ihren Gatten zu trauern. Dabei versank sie nicht in Selbstmitleid, sondern schöpfte Kraft in dem Bewusstsein, fortan ihr Leben unabhängig zu gestalten. Helene hatte mit Selbstverständlichkeit, neben ihren häuslichen Pflichten, immer als Schreibkraft gearbeitet, denn auch ihr Einkommen wurde dringend benötigt, um sich wenigstens die Behaglichkeit eines Autos und Urlaubs leisten zu können. Und sie hatte ihre Kollegen täglich um sich, die schon zu Freunden geworden waren. So verlor sie mit dem Konkurs der Firma zum dritten Mal den Halt einer festen Gemeinschaft.

Zwar reichte die Witwenrente ihres Mannes, um nicht der Hilfe des Staates anheim zu fallen, aber Helene litt mit der Arbeitslosigkeit darunter, keine Aufgabe mehr zu haben. Der Sohn hatte seine Gesellprüfung als Maurer erfolgreich bestanden und wohnte in einer anderen Stadt. Eines Tages folgte er dann dem Aufruf, Glück und Wohlstand in Irland zu suchen und die Telefongespräche mit ihm wurden immer seltener.

Zur Sparsamkeit und dem besonnen Umgang mit dem wenigen Geld erzogen, hatte Helene sich eine kleinere Wohnung gesucht. Es war ein schmuckloses Haus mit Laubengängen und blätternder Farbe an der Fassade, wo sie ihr neues Heim fand. Stets tatkräftig versuchte sie lange, eine neue Arbeitsstelle zu finden, doch ihre mangelnden Fähigkeiten im Umgang mit einem Computer machten dieses Unterfangen aussichtslos. Dann entdeckte sie im Schatten unpersönlicher Hochhäuser Armut und Hilflosigkeit, Kinder die keine Mittagsmahlzeiten erhielten und Erwachsene, die den Kampf gegen ihr Schicksal lange aufgegeben hatten. In deren Mitte wirkten mitfühlende Menschen, die von Supermärkten und

Restaurants kostenlose Lebensmittel einsammelten und verteilten. Darin erkannte Helene ihren neuen Lebenssinn.

Ihr Fleiß, ihre Freundlichkeit und ihre Bescheidenheit begründeten die Achtung, die ihr sowohl von den anderen Mitarbeitern als auch von den Bedürftigen entgegengebracht wurde. Diese Anerkennung schenkte ihr Zufriedenheit, auch wenn manches Geschick, das sich ihr bei dieser Arbeit offenbarte, ihr Gemüt bedrückte. Die Erkenntnis, wenigstens im Kleinen helfen zu können, richtete sie bald wieder auf.

In dem Haus, das sie bewohnte, kümmerte sie sich zusätzlich um eine Nachbarin, die mit über achtzig Jahren Mühe hatte zu laufen. Helene machte Besorgungen für sie und putzte einmal in der Woche deren Wohnung, auch wenn die alte Dame ihr nichts dafür bezahlen konnte. Dafür entwickelte sich eine Freundschaft, die sich in regen Gesprächen äußerte. Die Nachbarin, wenn auch in der Bewegung eingeschränkt, hatte einen wachen Geist und nahm lebhaft an Themen der Politik und Gesellschaft teil. Durch sie lernte Helene ihren Verstand mit Dingen zu beschäftigen, die ihr eigenes Leben nur am Rande oder überhaupt nicht betrafen. Sie lauschte aufmerksam den Nachrichten, entdeckte ihre Vorliebe für Naturfilme und las gelegentlich sogar Bücher, die ihr von der alten Dame empfohlen wurden, um anschließend mit dieser darüber zu reden.

Und auch zu einer anderen Nachbarin, die im gleichen Alter wie Helene war, entwickelte sich eine Freundschaft. Mit ihr machte sie Spaziergänge, traf sich in Cafés oder zu einem Schaufensterbummel. Gemeinsam alberten sie sogar über die Auswahl zukünftiger Ehemänner. Diese Freundin war dem Leben auf sehr weltliche Weise zugeneigt, schwärmte für Musik und Tanz und steckte Helene oft mit ihrer Ausgelassenheit an. So war ihr Leben sehr abwechslungsreich zwischen anspruchsvollen, abendlichen Gesprächen mit der alten Dame, vergnüglichen Nachmittagen mit der ausgelassenen Freundin und Vormittagen an den Abgründen der Gesellschaft.

Schließlich verbrachten die drei so unterschiedlichen Frauen sogar jedes Jahr das Weihnachtsfest zusammen. Sie trafen sich in der von vergangenem Wohlstand zeugenden, geschmackvoll geschmückten Wohnung der alten Dame. Helene bereitete eine Gans und die Dritte erzählte heitere Anekdoten aus ihrem wechselvollen Leben. Auf gegenseitige Geschenke wurde einvernehmlich verzichtet. In diesem Jahr jedoch würde Helene allein das Fest der Liebe begehen müssen. Die Achtzigjährige war gestürzt, brach sich die Hüfte und musste in ein Pflegeheim umziehen. Und die andere hatte ganz überraschend einen Mann kennengelernt, dem sie ohne Zögern in die Ferne gefolgt war.

Helene machte sich auf den Weg zu ihrer ehrenamtlichen Arbeitsstelle. Heute würde neben Lebensmittel auch noch Geschenke an jene verteilt werden, die sich kaum etwas leisten konnten. In einem Nebenraum stapelten sich mit Weihnachtspapier eingeschlagene Schuhkartons, die von den Menschen gepackt worden waren, die zu Weihnachten auch an andere dachten. Oben auf dem Päckchen zeigte ein Aufkleber an, für wen diese Gabe bestimmt war, Mann, Frau oder Kind. Diese Aktion erfreute sich großer Beliebtheit und es hatte sich bereits früh eine Schlange vor dem Laden gebildet. Auch heute würden die Geschenke nicht für alle reichen. Trotzdem herrschte eine ausgelassene Stimmung. Kerzen brannten, Weihnachtslieder stimmten auf das bevorstehende Fest ein und es gab für jeden alkoholfreien Punsch.

Als der Laden geschlossen wurde, waren die Mitarbeiter erschöpft aber auch glücklich, nun endlich ihre eigene Feier mit der Familie vorbereiten zu können. So erbot sich Helene, die Reinigungsarbeiten zu übernehmen. Sie umarmte einander und wünschten sich Glück, dann war sie allein in den Räumen. Die plötzlich eingekehrte Ruhe vermittelte einen seltsamen Frieden. Vor den Schaufenstern waren die

Straßen verwaist. Einige letzte Blätter flogen vorüber. Kein Schnee erhellte mit seinem Glitzern das trübe Grau, und dennoch schien die Welt in froher Besinnlichkeit zu verharren.

Während sie begleitet von den Weihnachtsmelodien feudelte, entdeckte Helene plötzlich hinter einer Abdeckplane ein vergessenes Päckchen. Es war in rotes Papier mit goldenen Sternen eingeschlagen und der Aufkleber verriet, dass es für eine erwachsene Frau gedacht war. Unschlüssig, was sie damit anfangen sollte, ließ sie es erstmal liegen und vollendete ihre Arbeiten. Da auch durch die Scheiben keine Frau auszumachen war, die sie durch ein unvermutetes Weihnachtsgeschenk beglücken konnte, entschloss sich Helene, das Päckchen mit nach Hause zu nehmen. So hatte sie wenigstens eine kleine Überraschung für sich selbst, denn in diesem Jahr war sogar das Packet ihres Sohnes ausgeblieben.

Eine seltsame Stimmung begleitete sie auf ihrem Heimweg. Die Stille wurde weder von Autos noch spielenden Kindern durchbrochen. Keine lauten Stimmen drangen aus den Hochhäusern. Der Tag neigte sich und Lichter erstrahlten hinter den Fenstern. Die Eingänge, vor denen sich sonst rauchende Jugendliche mit Bierflaschen in den Händen versammelten, luden geradezu ein, die Wohnungen zu besuchen. Die Rebellion der Jugend gegen die Trostlosigkeit des Daseins schien zu verharren, Schwermut beugte ihr Knie vor der Hoffnung. Niemals zuvor war Helene so bewusst, dass die Seele des Heiligabends nicht in den Lichtermeeren und Glitzerwelten der prächtigen Einkaufsstraßen wohnte sondern an Orten wie diesem.

Auf einen Tannenbaum nur für sich allein, hatte sie verzichtet. Nur einige Figuren und die Pyramide aus dem Erzgebirge mit den musizierenden Engeln hatte Helene aufgestellt. Ihr stand auch nicht der Sinn nach Weihnachtsmusik. Sie setzte sich müde und traurig darüber, dass niemand an sie gedacht hatte, an den Tisch und zündete die Kerzen des Adventskranzes an. Warum hatte ihr Sohn nicht einmal eine Karte geschickt. Bestimmt würde er später anrufen. Die befreundeten Nachbarinnen waren vermutlich ausreichend mit ihrem neuen Leben beschäftigt. Es half nichts. So musste sie eben allein und ohne die guten Wünsche anderer Heiligabend und wohl auch die beiden folgenden Feiertage verbringen.

Etwas missmutig riss sie das Papier des vergessenen Päckchens auf und entnahm ihm als erstes eine, in altes Zeitungspapier gehüllte, Jesus-Statue aus Holz. Helene war weder getauft noch fühlte sie irgendeine Verbindung zu Kirche und Glauben. So stellte sie die Gabe achtlos auf die Fensterbank und erfreute sich an den süßen Leckereien, die unter dieser verborgen waren. Die Marzipankartoffeln waren frisch und köstlich, was ihre Laune umgehend hob. Sie holte ein Kristallglas, das wie die anderen noch von ihren Eltern stammte und selten zur Geltung kam, aus dem Schrank und füllte es mit edlem Rotwein, der schon seit über einem Jahr auf einen Anlass wartete, entkorkt zu werden. Dann klingelte es an der Tür.

Dort stand ein fremder Mann so Ende zwanzig mit einem kleinen Päckchen in der Hand, dessen weihnachtliches Geschenkpapier offensichtlich ein Buch verbarg. Er stellte sich als Großneffe der der alten Dame vor, die nun in einem Altersheim wohnte und erklärte, dass er beauftragt sei, dieses Geschenk zu überbringen, da seiner Tante sehr viel daran lag, ihrer stets hilfsbereiten, ehemaligen Nachbarin eine Freude zu machen. Gerührt bat Helene den jungen Mann herein und bot ihm ein Glas Wein an. Er berichtete, dass sich die alte Dame gut erholte, aber nur widerwillig in der neuen Umgebung einlebte. Plötzlich fiel sein Blick auf die hölzerne Statue auf der Fensterbank und fesselte seine Aufmerksamkeit. Ganz genau betrachtete er sie ohne sie zu berühren. Sie schien große Ehrfrucht in ihm zu wecken, was Helene als tiefe Religiosität auslegte.

Schließlich schaute der junge Mann mit verklärtem Blick auf seine Gastgeberin und flüsterte entrückt, dies sei »Der lächelnde Jesus«. Helenes verständnislose Miene, ließ ihn zu einer ausschweifenden Erklärung ausholen. Er hatte gerade zu dem Thema »Religiöse Schnitzkunst im Mittelalter« promoviert und bei seinen Vorbereitungen immer wieder Hinweise auf eine Holzfigur des berühmten Schnitzers Alois Moiser gefunden, in denen ein lächelnder Jesus erwähnt wurde. Dieses unbestätigte Gerücht geisterte seit Jahrzehnten durch die Kunstwelt, doch man vermutete, die Figur sei von dem Meister selbst oder später von der Inquisition vernichtet worden. Einige wenige behaupteten jedoch, sie sei immer wieder einmal aufgetaucht. Zaghaft fragte er schließlich, ob er die Statue einmal anfassen dürfte, denn Alois Moiser hatte die Gewohnheit, jede seiner Werke an kaum sichtbarer Stelle zu unterzeichnen.

Bevor Helene der näheren Untersuchung zustimmen konnte, klingelte es erneut an der Tür. Mit einem erstaunten Aufschrei der Freude erkannte sie ihren Sohn in Begleitung einer flotten, rothaarigen Frau, die deutlich sichtbar schwanger war. Er war nicht nur nach Deutschland zurückgekehrt, sondern brachte auch die Frau mit, die er bald heiraten würde. Doch zuerst sollte Helene Oma werden. In der Glückseligkeit des Wiedersehens bemerkte niemand, dass der junge Mann die Jesus-Statur eingehend untersuchte. Erst die, im katholischen Glauben erzogene Irin empörte sich darüber. So wurde die

Figur ohne weitere Erklärung wieder auf der Fensterbank platziert. Dann verabschiedete sich der studierte, junge Mann und wurde von Helene höflich zur Tür begleitet.

Zum Abschied sagte er leise, dass es tatsächlich »Der lächelnde Jesus« von Alois Moiser war, der dort in Helenes Wohnzimmer stand. Sie solle gut auf ihn achtgeben, denn die Statue war ein Vermögen wert. Doch diese Nachricht bedeutete nichts im Vergleich zu Helenes Seligkeit darüber, dass sie nun wieder den Heiligabend im Kreise ihrer Familie feiern konnte.

Eine kleine Weihnachtsgeschichte

Die Sohle wollte einfach nicht kleben. Früher hätte Gunther den Schuh wütend in die Ecke geworfen, aber er startete einen erneuten Versuch. Er war zwar kein Schuster, doch jeder Auftrag schmälerte die Ebbe in seiner Kasse. Einst hatte er auf diesen wenigen Quadratmetern einen Schlüsseldienst betrieben. Da war er meistens mit dem Fahrrad unterwegs gewesen und hatte Leuten geholfen, deren Hausschlüssel sich, im Gegensatz zu ihnen, innerhalb der Wohnung befand. Diese Fähigkeit verdankte er seinen Erfahrungen als ehemaliger Dieb, der für seine Taten mehrere Jahre im Gefängnis verbüßt hatte. Dort arbeitete er dann, um der Langenweile zu entkommen, in verschiedenen Werkstätten und durfte auch einem Schuster über die Schulter schauen. Mittlerweile waren die Schließanlagen der Wohnungstüren so kompliziert und sicher geworden, dass sie sein Geschick überforderten und er sich mit kleinen Reparaturen über Wasser halten musste.

Doch immer weniger Menschen nahmen seine Dienste in Anspruch. Es lohnte sich nicht mehr, denn Neuanschaffungen waren meist billiger. Die letzte Miete für seinen kleinen Laden hatte er schon nicht mehr bezahlten können. Durch das Schaufenster, das zusammen mit der Eingangstür die Front zur Straße bildete, sah er hinaus. In diesem Jahr prangte dort wenigstens eine Lichterkette mit goldenen Sternen, die eine fürsorgliche Kundin vorbeigebracht hatte.

Dabei hasste Gunther die Vorweihnachtszeit und überhaupt das ganze Fest, denn beides drängte ihm jedes Jahr ins Bewusstsein, ohne Familie dazustehen. Das begründete sich bei dem Mann von Mitte vierzig nicht in dem frühzeitigen Ableben aller Verwandten, weil er sich von diesen schon in seiner Kindheit zurückgezogen hatte, was er damals nicht bedauerte. Vor der Brutalität der einen hatte er Angst. Die Belehrungen der Spießer wollte er nicht hören und die anderen begegnetem ihm mit besoffener Gleichgültigkeit.

Einsamkeit war ihm vertraut, und er benutzte sie als Schutzschild gegen Enttäuschungen. Sollte die Welt da draußen doch das Fest der Liebe ausgelassen feiern. Auch sie würde von der Wirklichkeit eingeholt werden, wenn die Kerzen abgebrannt waren und der Alltag einkehrte. Trotzdem beschlich ihn zu dieser Jahreszeit oft leise Wehmut. Die anderen konnten wenigstens kurz den Traum vom Glück leben, während Gunther meinte, von der Dunkelheit verschlungen zu werden.

Als er sich wieder dem Schuh widmete, bemerkte

er plötzlich, dass seine Lichterkette im Schaufenster erlosch. War ihm schon der Strom abgestellt worden? Aber die Funzel über seiner Werkbank leuchtete noch. Dann erstrahlte auch wieder die Lichterkette. Erleichterung durchströmte Gunther. Doch das konnte ihn nicht darüber hinwegtäuschen, dass seine Tage in diesen Räumen und als freier Unternehmer gezählt waren. Stets war ihm seine Selbstständigkeit wichtig gewesen. Er wollte sich nicht abhängig machen und zum Befehlsempfänger werden. Zu oft hatte er sich auf die Versprechungen und Anweisungen angeblich erfolgreicher Leute verlassen und war so immer tiefer in einen Sumpf geraten. Nun misstraute er jedem.

In seiner winzigen Wohnung über dem Laden hielt sich Gunther selten auf. Wenige, aus Sperrmüll zusammengezimmerte Möbel ließen dort keine Gemütlichkeit aufkommen. Der Fernseher war kaputt und Bücher las er nicht. Also benutzte er den Raum nur zum Schlafen. Wenigstens die Dusche spendete noch heißes Wasser, und die alte Kaffeemaschine versah treu ihren Dienst. Vor die Tür ging er selten, denn seine Kleidung zeugte von einem kümmerlichen Dasein. Doch im Laden verlangte ja niemand, dass er wie aus dem Ei gepellt erschien. Die wenigen Kunden plauderten gern mit ihm. Einige hatten wohl auch nichts Besseres zu tun. Mancher Tag verging selbst ohne Arbeit wie im Fluge. Es war zu vermuten, dass manche Menschen in diesem Viertel gerade in der Vorweihnachtszeit Mitleid mit Gunther hatten und deswegen einige Sachen zur Reparatur vorbei brachten. So war er wenigstens beschäftigt.

Bald bemerkte er, dass die Lichterkette am Fenster seltsamerweise jeden Abend zu unterschiedlichen Zeiten erlosch, um kurz darauf wie zu erstrahlen. Ein Spannungsabfall vermutete der Mann, doch sah keinen Grund, der Ursache nachzugehen. Er wertete das merkwürdige Ereignis eher als Zeichen für seinen beginnenden Untergang.

Eines Nachmittags besuchte ihn ein kleines Mädchen, für das er schon häufiger Spielzeug wieder gerichtet hatte. Sie hieß Jule, und sie mochten einander sehr. Doch es hatte eine Zeit gedauert, bis die Kleine erzählte, dass ihr Papa weit weg im Ausland lebte. Dabei hätte sie so gern ein Geschwisterchen gehabt. Aber die Mutter lebte ohne Mann, weswegen dieses wohl nicht möglich war.

An jenem Tag beschenkte Jule Gunther mit einem zauberhaften und gleichzeitig geheimnisvollen Lächeln. Mit verschwörerischer Stimme flüsterte sie:

»Jeden Tag geht an deinem Geschäft ein Engel vorbei.«

Der Mann fragte ungläubig:

»Wie kommst Du denn darauf?«

»Der Engel will natürlich nicht gesehen werden. Deswegen erlöscht immer deine Lichterkette im Fenster.«

»Ach so, ich hatte mich schon gewundert. Aber nun verstehe ich.«

Zufrieden grinste das Mädchen. Gunther erinnerte sich schmerzlich daran, dass auch er als Kind an Engel und den Weihnachtsmann geglaubt hatte. Diese Phantasien waren ihm aber schnell ausgetrieben worden. Wie schön musste es sein, sich diesen Träumen noch hingeben zu dürfen.

»Meinst Du, der Engel besucht mich mal in meinem Laden?«, fragte er, um zu beweisen, dass er Jules Einschätzung vertraute.

Da öffnete sich die Tür und eine gutaussehende Frau in den Dreißigern trat ein.

»Mami.«, wurde sie von dem Kind begrüßt und umarmt.

»Ach, hier treibst Du dich also rum. Plötzlich warst Du verschwunden.«

»Aber ich musste dem Gunther doch von dem Engel erzählen.«

Die Mutter lächelte den Ladenbesitzer freundlich und offenherzig an. Dieser erklärte mit ernstem Gesicht:

»Ja, das war eine sehr wichtige Information für mich.«

»Ich bin noch nie einem Menschen begegnet, dessen Nähe ein Engel sucht«, sagte die Frau, und es klang beinahe ehrfürchtig.

Nun fühlte sich Gunther peinlich berührt. Dachte diese schöne Frau, die er bisher noch nicht kennengelernt hatte, etwa, er würde an solchen Humbug glauben? Doch plötzlich kam ihm das Ganze gar nicht mehr so unwahrscheinlich vor. Verlegen lächelnd schaute er zu Boden.

»Wenn ich sehe, mit welchem Geschick sie das Spielzeug meiner Tochter wieder in Stand gesetzt haben, bin ich immer wieder beeindruckt. Ich habe zwei linke Hände. Gerade klemmt meine Balkontür, und ich weiß mir nicht zu helfen.«

»Darf ich mir das mal ansehen?«, fragte Gunther schüchtern.

»Das wäre wirklich eine große Freude. Und vielleicht haben Sie ja Lust, uns hinterher zum Weihnachtsmarkt zu begleiten«, antwortete die Frau.

»So, wie ich aussehe.«, wendete der Mann zweifelnd ein.

»Wenn Sie einem Engel, meiner Tochter und mir gefallen, wie Sie sind, dann dürfen Sie sich auch getrost der Welt zeigen.«

Schon ein Jahr später krakelte Gunther Junior unter dem Christbaum vor der Balkontür der Familie. Jule hätte natürlich lieber eine kleine Schwester bekommen, aber in zwölf Monaten war ja wieder Weihnachten.

Vom Himmel hoch

Von hier oben hatte Rudi einen weiten Blick über die Landschaft hinter der kleinen Gemeinde. Dort lagen die grünen Weiden in das Sonnenlicht eines erstaunlich warmen Herbsttages getaucht, während sich die Blätter der Bäume langsam gelb und rot färbten. Eigentlich eine schöne Ansicht, aber viel wichtiger war Rudi, was sich sechs Stockwerke unter seinen Zehenspitzen abspielte. Er hatte bereits vermutet, dass der Marktplatz an diesem Sonntag belebt sein würde. Alle wollten auf den Außenplätzen der Cafés und Biergärten den vielleicht letzten sommerlichen Tag genießen. Der Pfarrer belohnte seine sonntägliche Pflichterfüllung mit einem Schoppen Wein. Andere ehrenwerte Bürger hatten dem Bier schon reichlich zugesprochen. Die Damen hatten sich herausgeputzt und löffelten ein mit Likör verfeinertes Eis. Und einige gelangweilte Kinder bauten Türme aus Pappuntersetzern.

Zwei unbeschäftigte Buben schauten als erste gen Himmel, wo ein Bussard kreiste und entdecken Rudi an der Kante des Flachdaches des hässlichen Rathausneubaus. Stumm sahen sie zu ihm hinauf. Natürlich kannten sie ihn, den ledigen Mittvierziger, der das Archiv der Gemeinde betreute. Immerhin war der Mann hier aufgewachsen. Die beiden tuschelten, wollten aber ihre Entdeckung für sich behalten. Sie ahnten, warum der Mann auf dem Dach stand und warteten gespannt auf das weitere Geschehen. Doch Rudi war das eindeutig zu wenig Aufmerksamkeit. Wenigstens einmal sollten alle diese Menschen zu ihm aufblicken. Er hatte Zeit. Doch irgendwann verloren die Buben die Geduld. Laut sagte der eine von ihnen:

»Wann springt er denn endlich?«

Keiner der am Tisch munter plaudernden Leute hörte jedoch die Worte des Jungen. Dafür schimpfte der Zweite: »Halt die Klappe!«

Dieser unflätige Satz ließ dessen Mutter aufhorchen.

»So spricht man nicht mit anderen Menschen.«, ermahnte sie ihn streng. Aber dann folgte sie seinem Blick gen Himmel und sah nun auch Rudi an dem Rande des Daches stehen.

»Da oben«, schrie die Frau panisch. Nun schauten immer mehr Leute zu Rudi hinauf, und er lächelte zufrieden.

»Das ist ja der Rudi. Was macht der denn da?«

»Vielleicht die Aussicht genießen.«

»Blödsinn, der will runter springen.«

»Woher willst du denn das wissen. Du kennst ihn doch kaum.«

Mittlerweile hatte sich die Menge zu einer Menschentraube zusammengefunden und starrte aufgeregt nach oben. Die Kellner standen recht ratlos mit ihren gefüllten Tabletts herum, weil die Tische sich geleert hatten. Von der Mitte des Marktplatzes hatte man eindeutig eine bessere Sicht.

»Wann springt er denn nun endlich.«, nörgelte der eine Junge ungeduldig weiter.

»Wir müssen die Freiwillige Feuerwehr informieren.«

»Die haben doch heute ihr Grillfest.«

Schon rannte eine Frau los und riss unter den entsetzten Blicken der Kellner die Decken von einigen verwaisten Tischen, wobei Kaffeetassen Bierseidel und Teller umherflogen. Begeistert rief sie dabei aus: »Wir müssen die Tischdecken als Sprungtuch zusammenknoten.«

»Du alberne Spinatwachtel, das hält doch nie.«

»Du nennst meine Frau nicht alberne Spinatwachtel«, ereiferte sich der Ehegatte und platzierte einen gekonnten Faustschlag in dem Gesicht des Unverschämten. Dieser wankte fiel aber nicht um, sondern rächte sich ebenfalls mit seiner Faust. Ein anderer wollte schlichten, wurde aber von einem unaufmerksamen Seitenhieb getroffen. Das rief seinen Bruder auf den Plan, der nun seinerseits mit Gewalt in das Geschehen eingriff. Währenddessen versuchte ein Kellner die Tischdecken zurückzuerobern, wurde aber durch den Schlag mit einem Bierseidel auf den Kopf außer Gefecht gesetzt. Das konnten seine Kollegen nicht dulden. Verzweifelt versucht der Pfarrer durch salbungsvolle Worte die friedliche Ordnung wieder herzustellen. Ein heftiger Tritt gegen sein Schienenbein, dessen Verursacher er im Getümmel nicht ausmachen konnte, ließ ihn sein Heil in der Flucht suchen, während um ihn herum die Fäuste flogen und erste Blutstropfen fielen.

Oben auf dem Dach stand noch immer Rudi und betrachtete voller Enttäuschung das heftige Treiben. Mütter, die sich in die Keilerei nicht einmischen wollten, brachten ihre Kinder in Sicherheit. Manches Mobiliar der Cafés brach unter der Last umstürzender Gäste zusammen, während anderes als Waffe oder Wurfgeschoß diente. Keiner interessierte sich mehr für die selbstmörderischen Absichten des armen Mannes hoch oben. So hatte sich Rudi seinen Abgang nicht vorgestellt. Vermutlich würde gar keiner bemerken, wenn er hinab stürzte und zwischen den Raufenden zerschellte. Aber es sollte doch sein großer Auftritt werden. Wieso nahm nie jemand von ihm Notiz? Ziemlich niedergedrückt stieg Rudi vom Dach und trat den Heimweg an. Er musste seinen Plan auf einen anderen Tag verschieben. Vielleicht beim Weihnachtsmarkt. Da singen sie doch immer: Vom Himmel hoch da kommt ich her.

Es war der vierte Advent und ein strahlend blauer Himmel lud die halbe Gemeinde zu einem Bummel über den Weihnachtsmarkt ein. Es duftete nach Glühwein und gebrannten Mandeln. Von allen Seiten erklangen Weihnachtslieder so auch »Vom Himmel hoch da komm ich her«. Rudi war zufrieden und hatte sich für seinen großen Auftritt mächtig herausgeputzt. Sein schon leicht ergrautes Haar glänzte nun in ebenholzfarbenem Schwarz. Er trug einen sauberen weißen Anzug und sogar weiße Turnschuhe. Lackschuhe hatte er in dieser Farbe im örtlichen Laden nicht finden können.

Nur die dichte Enge der vielen Buden beunruhigte ihn ein wenig. Wenn er sein Leben auf einem der stabilen Holzdächer aushauchte, würde der laute Knall vielleicht in dem Gemenge aus Stimmen und lautem Lachen untergehen. Außerdem würde niemand sehen können, wie sich sein Blut über dem weißen Anzug verteilte. Er wollte aber mit seinem Sprung von dem Dach des Verwaltungsgebäudes nicht nur sterben, sondern der Nachwelt das unvergessliche Bild eines Kunstwerkes hinterlassen. Das Foto von seinem Leichnam sollte um die ganze Welt gehen. Er träumte von der Überschrift »Ein gefallener Engel« oder »Männliches Schneewittchen, das niemand mehr erwecken kann«.

Trotz seiner außergewöhnlichen Erscheinung blieb Rudi unter den Besuchern des Weihnachtsmarktes weitgehend unbemerkt. Zwar tuschelten einige und andere kicherten, aber niemand hielt ihn auch nur eines Grußes für wert. Viele gaben ihm sogar die Schuld an der Massenschlägerei, wo so viel zu Bruch gegangen war und es zahlreiche blauen Augen und gebrochene Nasen gegeben hatte. Auch damals wollte Rudi sich von Dach stürzen, aber das machte für ihn dann wegen der Massenschlägerei wenig Sinn mehr, weil ja sowieso niemand hinschaute und alle mit sich selbst beschäftigt waren. Doch heute würde sein Plan aufgehen. Niemand würde sich so kurz vor dem friedlichen Weihnachtsfest prügeln wollen. Und auch der Pfarrer hatte ein wachsames Auge auf seine, reichlich dem Glühwein zusprechenden Schäfchen.

Flinken Schrittes und voller Vorfreude eilte Rudi die Stufen hinauf zum Dach. Diesmal genoss er aber nicht die Aussicht, sondern machte sich gleich daran, von oben einen geeigneten Platz zwischen den Buden auszumachen. Das war gar nicht so einfach, und er schritt aufmerksam spähend die Dachkante entlang. Dabei war er so konzentriert, dass er nicht wahrnahm, dass ein Kind laut rief:

»Schau mal, Mama, ein Engel!«

Doch die Frau ermahnte ihren wild am Ärmel zupfenden Sohn, endlich brav zu sein, sonst gäbe es keine Geschenke von Weihnachtsmann.

Während Rudi so auf und ab ging, hörte er plötzlich ein leises Schluchzen. Ungehalten über die Störung sah er sich um. In der Mitte des Daches hockte eine Frau, eingehüllt in einen dicken Wintermantel. Rudi wurde bewusst, dass er begann in seinem Anzug zu frieren. Ein Kältetod oben auf dem Rathaus war nun das Letzte, was er wollte. Er musste sich beeilen. Aber was suchte die fremde Person hier?

»Verlassen sie sofort das Dach.«, forderte er die Weinende in harschem Ton auf.

Sie schaute ihn aus verheulten Augen an und schüttelte dann energisch den Kopf.

»Lassen sie mich allein!«, schrie die Frau Rudi an.

»Sie dürfen nicht hier sein«, schrie Rudi zurück. »Das ist ein offizielles Gebäude, zu dem nur Verwaltungsangestellte Zutritt haben:«

»Wieso, meinen sie wohl, habe ich einen Schlüssel«, entgegnete sie entrüstet. »Sie haben hier nichts zu suchen. Ich kenne sie gar nicht.«

Rudi vergaß nie seine gute Erziehung und stellte sich höflich als der örtliche Leiter des Archivs vor.

»Und ich bin Susi und arbeite seit 5 Jahren in der Schreibstube.«

Allgemeine Ratlosigkeit machte sich breit angesichts der Tatsache, dass die beiden Kollegen waren.

»Und was machen sie hier?«, fragte Rudi schließlich.

Wieder begann die Frau zu weinen.

»Es ist Weihnachtszeit, und ich bin ganz allein. Niemand nimmt Notiz von mir. Dabei bin ich immer hilfsbereit und niemandem eine Last.«

Rudi fröstelte.

»Das kenne ich, aber nun gehen sie mal schnell runter zum Weihnachtsmarkt. Da treffen sie bestimmt Bekannte. Ich habe nämlich noch etwas vor.«

»Bestimmt sind sie zu einer Adventsfeier eingeladen.«, jammerte die Frau. »Nur mich will keiner um sich haben.«

»Nun seinen sie mal nicht so wehleidig. Wer will denn schon eine so traurige Frau zu sich einladen. Seien sie fröhlich und nett, dann haben sie auch Gesellschaft.«

Langsam wurde Rudi ungeduldig und sein Körper begann vor Kälte zu zittern.

»Können sie mich nicht mitnehmen zu ihrer Verabredung?« fragte Susi zaghaft.

»Dort, wo ich hingehe, will ich niemanden mitnehmen.«

Plötzlich schien es der Frau zu dämmern.

»Sind sie nicht der Mann, der auf dem Dach stand und dadurch eine Massenschlägerei verursacht hat?«

»Und wenn es so wäre, was geht es sie an.«

»Dann wollen sie sich vielleicht heute vom Dach stürzen. Das trifft sich gut. Wir können ja gemeinsam springen.«

»Sind sie verrückt. Sie sind ja nicht einmal passend gekleidet.«

»Doch«, erwiderte die Frau strahlend und lüftete ihren Mantel. Darunter kam ein sehr hübsches weißes Kleid zum Vorschein. Und nun bemerkte Rudi auch, dass unter ihrer Wollmütze ebenholzfarbene, schwarze Haare hervorblitzten. Sein Zittern vor Kälte wurde stärker.

»Sie hätten ruhig einen Mantel überziehen können«, bemerkte die Frau mitfühlend. »Den kann man ja vor dem Sprung ablegen.«

»Dafür ist es nun zu spät«, stellte Rudi wütend fest.

Die Frau stand auf.

»Vielleicht sollten wir erstmal einen Glühwein trinken, damit sie sich aufwärmen können.«

Rudi war so eisig kalt, dass er meinte, auch seine Gedanken wären bereits eingefroren. Beinahe willenlos ließ er sich von der Frau an die Hand nehmen. Und eh er sich versah, stand er unter einem Gasheizungsstrahler mit einem Glühwein in der Hand. Mit Genuss nahm er wahr, wie die Wärme in seinen

Körper zurückkehrte. Susi kuschelte sich an ihn und ein behagliches Gefühl umfing Rudis Herz.

Plötzlich hörte er einen Jungen sagen: »Guck mal, Mama, da ist der Engel, den ich auf dem Dach gesehen habe.« Und der Knabe zeigte auf Susi.

Eine unglaubliche Begegnung

Olivia schritt mit einem selbstgefälligen Lächeln auf den Lippen beschwingt die Außentreppe des Gerichtsgebäudes hinunter, als sie mit ihren hochhackigen Schuhen plötzlich ins Rutschen kam und drohte das Gleichgewicht zu verlieren. Rechtzeitig packten sie zwei Arme von hinten und führten Olivia zurück in die Balance. Peinlich berührt blickte sie sich um und erkannte in ihrem Retter einen Anwaltskollegen, einen jungen Pflichtverteidiger in Sachen Strafrecht. Flüchtige Begegnungen während ihrer Studienzeit waren bisher die einzigen Berührungspunkte zwischen beiden gewesen. Diesen Umstand gedachte Olivia auch nicht zu ändern und beließ es bei einem kurzen Dank.

Ihr Helfer jedoch forderte gemeinsam einen Kaffee in einem gegenüber liegenden Lokal einzunehmen, als Anerkennung dafür, dass er einen Sturz verhindert hatte. Wie selbstverständlich hakte er sich bei Olivia ein, die dieses mit befremdeten Blick etwas hilflos zur Kenntnis nahm.

Freiwillig hätte sie diese Kaschemme nie betreten, aber die Glätte unter ihren Sohlen bewies deutlich, wie hilfreich ihre Stütze gewesen war. Allein aus Höflichkeit war sie dem Anwalt eine Einladung zu einem Getränk schuldig. Das Lokal war gut besucht, aber beide fanden noch einen Platz am Fenster. Zwischen den holzgetäfelten Wänden, die gespickt waren mit Fotos und bunten Andenken aus aller Welt, in der von Glühweinduft geschwängerten Luft fühlte sich Olivia wie in einem Gefängnis verklärter Erinnerungen. Der robuste Holztisch war mit einem Tannenzweig und einem Teelicht recht ärmlich, weihnachtlich geschmückt, während aus den Lautsprechern angenehm leise besinnliche Melodien erklangen. Durch das Fenster konnte man im Hintergrund die prachtvoll erleuchtete Einkaufsstraße sehen.

»Dieser festlichen Weihnachtsstimmung kann man sich einfach nicht entziehen.«, bemerkte Olivias Begleiter, dessen Name ihr nicht einfallen wollte.

»Das bezweifle ich.«, entgegnete sie trocken. »Leider kann ich mich an ihren Namen nicht mehr erinnern.«

»Tobias Gärtner.«, stellte er sich, ohne ein Zeichen von Enttäuschung darüber, dass er in Vergessenheit geraten war, lächelnd vor. »Und wir waren zu Studienzeiten schon beim Du angelangt.«

Olivia hasste Verbrüderungen dieser Art, die auf Zeiten basierten, in denen das Du ungeniert von jedem benutzt wurde. Doch wollte sie weder stur noch altmodisch erscheinen und nickte daher zustimmend.

»Magst Du Weihnachten nicht?«, fragte Tobias, nicht ahnend, dass er damit einen wunden Punkt bei Olivia traf. Schon als Kind hatten ihr die Eltern beigebracht, dass Weihnachten nur ein verlogener Vorwand war, um die Wirtschaft anzukurbeln. Während all ihre Klassenkameraden dem Ereignis freudig und erwartungsvoll entgegenfieberten, unterschied sich der Heilige Abend in ihrem Elternhaus von keinem anderen Tag. Ihre kindliche Enttäuschung darüber wurde mit den Jahren immer mehr von der stetig vorgetragenen Erkenntnis überdeckt, dass nur dumme Menschen an etwas Überirdisches glaubten und sich so in eine Falle locken ließen, die ihnen nur das Geld aus der Tasche zog. Schließlich wurde dieses Fest für Olivia ein Symbol für die verbreitete Verblendung der Menschen, ihrer Unfähigkeit sich der Wirklichkeit zu stellen.

Als Anwältin gewohnt, ausschweifende Antworten zu vermeiden, beantwortete sie Tobias Frage nur mit einem Nein. Dieser schwärmte weiter: »Ich erfreue mich immer daran, dass sich viele Menschen in dieser Zeit an die Liebe zu anderen erinnern.«

»Gezwungenermaßen.«, ergänzte Olivia. »An jeder Straßenecke werden wir aufgefordert, unsere Wohnungen mit irgendwelchem Tand zu verschandeln. Der Kitsch hat Hochkonjunktur. Dazu kommt ein Bombardement an Kugelschreibern, Kaffeetassen und Kalendern mit Firmenlogos. Weihnachten ist die Zeit von Industrie und Handel. Mit Liebe hat sie nichts zu tun.«

»Mag sein, dass der Konsum zu sehr in den Vordergrund tritt«, gab Tobias zu, »aber sind Geschenke jeder Art nicht ein Zeichen dafür, dass jemand an uns denkt?«

»Eine weitere Verlogenheit. Ein ganzes Jahr Gleichgültigkeit und Desinteresse wird zu Weihnachten mit einer Serienmail einfach weggewischt.«

»Doch dabei erinnert man sich beim Durchblättern seines Adressbuches vielleicht an jemanden, den man aus den Augen verloren hat. Und nun antwortet dieser plötzlich auf die Weihnachtsgrüße und schon ist der Kontakt wieder hergestellt.«

»Oder mit all den anderen Pflichtgrüßen in den Papierkorb wandert. Lese ich im Betreff das Wort ›Weihnachtsgrüße‹ drücke ich gleich auf die Löschtaste.«

»Du hältst also die Tür verschlossen, ohne zu wissen, wer angeklopft hat.«

Olivia fand dieses Gespräch lästig und überflüssig. Dieses Brimborium um Weihnachten machte sie aggressiv. Wie in dem Gerichtssaal wollte sie mit einem schlagkräftigen Argument dem Gegner den Wind aus den Segeln nehmen.

»Wieso sollte ich den Geburtstag eines Mannes feiern, dessen Anhänger in seinem Namen folterten, mordeten, Kriege anzettelten und andere Menschen unterdrückten?« erklärte sie triumphierend.

»Dem setze ich entgegen«, antwortete Tobias fröhlich, »dass mein Mandant selbst vollkommen unschuldig ist.«

»Wer hat sich denn mit Wunderheilungen und anderen Zauberkünsten dem Volk seinen Glauben verkauft. Das war eindeutig Betrug.«

»Man kann an Wunder glauben oder sie als unrealistisch abtun, doch dürfen wir dabei nicht vergessen, dass wir die Taten von Jesus nur aus Überlieferungen kennen. Wichtig ist, dahinter den Symbolcharakter zu sehen. Und dass Glaube heilen kann, muss mittlerweile sogar die Wissenschaft zugeben.«

»Ich glaube nur an bewiesene Tatsachen.«, sagte Olivia im Brustton der Überzeugung.

»Und wie kann bei dieser Einstellung die Liebe bestehen? Muss die Existenz eines Gefühls bewiesen werden.«, fragte Tobias mit zärtlicher Stimme.

Das Wort Liebe verunsicherte Olivia. Sie hatte keine konkrete Vorstellung von Liebe, sich nie ernsthaft Gedanken darüber gemacht. Eigentlich verband sie damit nur gegenseitige Anziehung und Sex.

»Das ist doch nur ein romantisches Wort für den ewigen Kampf der Geschlechter.«, wehrte sie sich gegen ein aufsteigendes Unbehagen.

»Ich meinte aber nicht diese Art von Liebe, sondern die allgemeine Liebe der Menschen untereinander, die Liebe zum Leben und sich selbst, der Mutter zu ihrem Kind, der Geschwister untereinander, die Liebe zu den Nächsten und zur Natur. Dieses Gefühl, dass alles in diesem Universum positiv miteinander verbunden ist.«

Eine seltsame Beklommenheit stieg in Olivia auf. Hatte ihre Mutter sie geliebt? Geschwister wurden ihr verwehrt, weil ihre Eltern in diese verkommene Welt keine weiteren Wurzeln allen Übels pflanzen wollten. Wer sollte denn ihr Nächster sein? Das waren wohl am ehesten ihre Mandanten, denen sie aber nie irgendwelche Gefühle entgegenbrachte. Und die Natur war ihr eher lästig mit ihrem unberechenbaren Wetter und aufdringlichen Insekten.

»Was für eine reizende Idee.«, merke Olivia mit herausfordernder Ironie in der Stimme an. »Nur widerspricht sie deutlich der Wirklichkeit. Wir sind umgeben von Hass, Neid und Bösartigkeiten. Zur Weihnachtszeit streiten sich die Familien häufiger und Ehepaare lassen sich kurz darauf scheiden. Es scheint doch wohl eher so, als würde die Liebe vor diesem Fest fliehen.«

»Ich denke, gerade weil die Liebe an diesen Tagen so allgegenwärtig ist, werden die Menschen unsicher. Sie erkennen die Versäumnisse der Vergangenheit oder ihre eigenen Ansprüche oder stellen fest, dass die Liebe in ihnen oder den anderen erloschen ist. Wir werden gezwungen nachzudenken und zu begreifen. Niemand behauptet, wir Menschen wären vollkommen und gerade das hat Jesus erkannt und trotzdem verkündet, dass wir alle liebenswert sind. Vielleicht sollte man deshalb damit beginnen, zuerst sich selbst zu lieben.«

»Also ist dieser Glaube ein Programm zur Förderung des Egoismus«, lachte Olivia.

»Nur wer sich selbst mit all seinen Fehlern und Unzulänglichkeiten liebt, kann auch andere Menschen lieben.«

Dieser Satz macht Olivia wütend. Sie hatte erfolgreich für die Anerkennung durch andere gekämpft. Man bewunderte ihren Scharfsinn, ihren Fleiß und ihre Überzeugungskraft vor Gericht. Sie war stolz darauf, dass ihre Gegner sie fürchteten. Es war ihr Job, die Fehler anderer für sich zu nutzen. Bei all dem war keine Platz für Gefühlsduseleien, denn jeder Sieg von ihr, war eine Niederlage für einen anderen. Und sie liebte Siege und Erfolge, aber liebte sie sich selbst?

»Gerade wir Anwälte«, fuhr Tobias fort, als hätte er ihre Gedanken gelesen, »müssen oft Dinge tun und sagen, die mit übergeordneter Gerechtigkeit wenig zu tun haben, um unseren Mandanten zu helfen.

Doch es ist ja nur unsere Aufgabe, das von Menschen geschaffene Recht umzusetzen. Hinter allem steht ein höherer Wille, den wir nur mit Liebe erkennen können. Und Jesus lehrte uns, diesen Weg zu gehen.«

»Weswegen wir nun alle Menschen mit Geschenken überhäufen sollen«, entgegnete Olivia schnippisch und stand auf, um zu gehen.

Tobias begleitete sie noch auf dem rutschigen Weg zu ihrem Auto auf dem Parkplatz des Gerichtsgebäudes und verabschiedete sich mit den Worten: »Der Glaube öffnet die Tür in andere Dimensionen, und der Schlüssel ist die Liebe.«

Als erstes wechselte Olivia ihre Schuhe, denn zufällig hatte sie Winterstiefel im Wagen. Der Wind trug ein Weihnachtslied zu ihr. Warum machte sie keinen Bummel über den Weihnachtsmarkt.

Auf dem Weg dorthin, vorbei an den Geschäften, fiel ihr Blick auf eine Kaffeemaschine. Die stets hilfsbereite Gerichtssekretärin hatte doch nur dieses veraltete, wie ein Ertrinkender glucksendes Exemplar. Ihrer polnischen Putzfrau würde bestimmt die bunte Haarspange gefallen. Ein Bettler sah beglückt erstaunt einen Schein aus Olivias Hand in seinen Pappkarton fallen. An einem Glühweinstand wärmte sie sich auf und genoss die Gesellschaft lauter Menschen, die ohne besonderen Grund einfach fröhlich waren. Auch diese hatten Tüten neben ihren Füßen stehen und freuten sich schon jetzt auf das Strahlen in den Augen der Beschenkten. Olivia fühlte sich auf eigenartige Weise mit ihnen verbunden. Sie lächelte bei dem geradezu rebellischen Gedanken, in diesem Jahr großzügig Geschenke selbst an ihre Eltern zu verteilen.

Obwohl Gerichtsferien waren, trieb es Olivia am nächsten Tag in das Gebäude, um den Pförtner nach Tobias Gärtner zu fragen.

»Ja, der Tobias.«, gab dieser bereitwillig Auskunft. »Ein so freundlicher und mitfühlender Mensch. Er hat nie meinen Geburtstag vergessen. Es ist wirklich eine Tragödie, dass er im letzten Winter gerade zur Weihnachtszeit auf der Treppe ausrutschte. Er war gleich tot.«

Olivia taumelte tief getroffen aus dem Gerichtsgebäude hinüber zu dem Lokal, dieser Kaschemme, die sie früher nie betreten hätte. Der Wirt erkannte sie sofort und zeigte auf den leeren Platz am Fenster. Ihr lag auf der Zunge zu fragen, ob sie gestern in Begleitung hier gewesen sei, aber plötzlich kannte sie die Antwort. Ihr öffnete sich gerade die Tür zum Glauben an das Unglaubliche.

Eine himmlische Gabe

Mia schien es, als würden in dieser winterlich klaren Nacht mit den Schneeflocken, die von dem Vollmond und der Beleuchtung des Weges in schimmerndes Licht getaucht wurden, die Sterne vom Himmel rieseln. Kein Windhauch störte diese auf ihrem Weg zur Erde. Es hatte gerade erst begonnen zu schneien und damit rechtzeitig für eine romantische Stimmung am Heiligen Abend gesorgt. Niemand sonst wanderte durch den Park. Die anderen Menschen feierten mit ihren Familien in geschmückten Zimmern unter erleuchteten Tannen.

Mia war nicht betrübt an diesem Fest allein zu sein, auch wenn die Erinnerungen an ihre verstorbenen Eltern und frühere Weihnachtsfeste neben ihr her schritten. Sie genoss die Ruhe zwischen den Bäumen und Rasenflächen. Sie kannte den Park seit ihrer Kindheit, empfand ihn als Ort der Beständigkeit in einer sich fortwährend verändernden Großstadt. Die junge Frau fühlte sich beschenkt von den Flocken, die zart ihre Wangen küssten. Bedächtig ging sie über den glitzernden, weißen Teppich, und ihre Gedanken schwebten zwischen den himmlischen Kristallen.

Eine Einladung zum weihnachtlichen Gänsebraten hatte sie genauso ausgeschlagen wie die Angebote, sich mit Freunden und Bekannten zu späterer Stunde in einer Bar zu treffen. Laute Musik und die üblichen Lustbarkeiten reizten sie nicht an einem Abend, der zur Besinnlichkeit aufforderte. So hatte sie es von ihren Eltern gelernt. Auch wenn sie als Teenager der Versuchung des zwanglosen Feierns in Diskotheken erlegen war, wünschte sie nun den Frieden der Heiligen Nacht ganz für sich zu erleben.

So erfüllt von stiller Freude entdeckte sie plötzlich auf dem Boden etwas, das unter einer Laterne hell und prächtig funkelte. Sie bückte sich danach und hielt kurz darauf einen taubeneigroßen, sorgfältig geschliffenen Stein in der Hand. Ehrfürchtig betrachtete sie ihn. Mia hatte eine Lehre in einem Juweliergeschäft abgeschlossen. Da dieses bald schließen musste, arbeitete sie nun in einer Bäckerei. Aber sie kannte sich aus mit Edelsteinen. Das Feuer und die Reinheit dieses Kleinods zeugten von einem erheblichen Wert, selbst wenn es kein Diamant sein sollte. Für billigen Modeschmuck war es einfach zu schwer.

Das Fundbüro war am Heiligen Abend und den Folgetagen geschlossen. Also gab sie den Stein am nächsten Tag bei der Polizei ab. Dort war der Beamte höchst erstaunt über ihr Anliegen. Pflichtbewusst fertigte er ein Protokoll und verheimlichte dabei sein Erstaunen über die Ehrlichkeit von Mia nicht. Wenn es sich aber um Diebesgut handelte, war sie gut beraten, nicht mit einem Verbrechen in Zusammenhang gebracht zu werden.

Es war an diesem Morgen nicht viel los auf der Polizeiwache. Der Beamte bot Mia sogar einen Kaffee an. Dabei entspann sich ein Gespräch, in dem sich eine unerwartete Nähe zwischen den beiden entwickelte. Der ständig mit den Abgründen der Gesellschaft beschäftigte junge Mann traf auf eine Frau, die eine unerschütterliche Liebe zum Leben ausstrahlte. Mias zauberhaftes Lächeln, ihre klaren, blauen Augen und ihre ruhige Herzlichkeit beeindruckten den Polizisten, der sich als Mirko Konradi vorgestellt hatte, so sehr, dass er sie fragte, ob beide nicht am Abend gemeinsam Essen gehen wollten. Mia willigte ein.

Aus ihnen wurde ein Liebespaar, und der Stein war bald vergessen. Erst nach beinahe einem halben Jahr erinnerte sich Mirko an das Kleinod und forschte, mit der Zustimmung von Mia, nach dessen Verbleib. Da niemand einen Diebstahl gemeldet hatte, war der Stein beim Fundbüro gelandet. Dort wurde festgestellt, dass es sich tatsächlich um einen großen, lupenreinen Brillanten handelte. Aber trotz aufwendigen Ermittlungen wollte sich kein rechtmäßiger Eigentümer feststellen lassen. So wurde der teure

Stein nach Ablauf der gesetzlichen Frist der Finderin zurückgegeben.

Sich von diesem himmlischen Weihnachtsgeschenk zu trennen, kam für Mia nicht in Frage. Und ihr bescheidener Liebreiz hatte auf Mirko so weit abgefärbt, dass er nicht darauf bestand, den Brillanten zu Geld zu machen. Das Paar heiratete in aller Stille und ohne Gäste im Dezember. Nach der standesamtlichen Trauung wanderten sie zusammen durch den Park. Mia erinnerte sich noch genau an die Stelle, wo sie den Diamanten gefunden hatte.

Normalerweise war er zur Sicherheit in einem Bankschließfach eingekerkert, ohne der Welt sein Funkeln zeigen zu können. Doch an diesem Tag trug Mia ihn, eingehüllt in ein Taschentuch aus Leinen, in ihrer Manteltasche. Wenn sie den Stein mit ihrer Hand umfasste, meinte sie darin Wärme und Leben zu spüren. Mirko wusste nichts davon und war höchst erstaunt, als seine frisch Angetraute das Kleinod hervorholte, es vorsichtig auswickelte. Der Mann schaute sich um, ob sie beobachtet wurden. Doch das bitterkalte Wetter sorgte dafür, dass sie ganz allein waren.

Mirko liebte seine Frau von Herzen, aber die in ihm keimende Ahnung verstörte ihn. Was hatte Mia mit diesem wertvollen Stein vor? Lächelnd sah sie Mirko an und legte den Taubenei großen Brillanten genau an die Stelle, wo sie ihn vor fast einem Jahr gefunden hatte. Ihr Mann war fassungslos seiner Stimme beraubt. Mia nahm Mirkos Hand und drängte ihn, etwas zurück zu treten. Gemeinsam betrachteten sie den Brillanten auf dem Boden, wobei sich der Mann beherrschen musste, den Stein nicht aufzuheben und in Sicherheit zu bringen.

Doch plötzlich wurde das Kleinod von einem inneren Leuchten erfüllt. Trotz der grauen Trübnis waren die Laternen noch nicht erleuchtet. Der Stein funkelte aus sich selbst heraus. Bald löste er sich in ein silbrig glänzendes Licht auf, das sich zu einer Gestalt formte. Ein wunderschöner Engel stand nun vor dem Paar und schaute es liebevoll an. Sein Lächeln streichelte ihre Seelen. Dann öffnete er seine Flügel und schwebte davon. Kurz darauf begannen dicke Flocken vom Himmel zu fallen. Wie Küsse berührten sie Mias und Mirkos Wangen.

Hand in Hand, voller seliger Freude, tief berührt von diesem unglaublichen Erlebnis, schlenderten das Paar durch die vorweihnachtlich geschmückten Straßen der Großstadt. Es bedurfte keiner Worte zwischen ihnen, um zu erkennen, dass ihre Liebe ein Geschenk des Himmels war.

Weihnachtsstreuner

Die Sonne warf einen ihrer Strahlen durch das sauber geputzte Fenster direkt in Vanessas Gesicht. Sie arbeitete an ihrem Laptop, obwohl es Sonntag war. Angestellt als Übersetzerin für englischsprachige Romane war es ihr erlaubt worden, zuhause dieser Tätigkeit nachzugehen. Das kam ihrem scheuen Wesen sehr entgegen. Sie fühlte sich in der Gesellschaft von Menschen stets unsicher und errötete oft, wenn sie angesprochen wurde.

Sie klappte ihr Laptop zu und schaute durch das Fenster auf den beinahe wolkenlosen Himmel. Es war Vorweihnachtszeit und überall in der Stadt lockten Märkte Besucher, die sich dort auf die Festtage einstimmen wollten. Vanessa mochte diesen Budenzauber mit seinen Düften und den Weihnachtsliedern, die von allen Seiten erklangen. Auch die dort angebotenen Leckereien reizten sie, die Einsamkeit ihrer Wohnung zu verlassen. Doch die Vorstellung von den Menschenmassen, die sich durch die Gänge wälzten, ließ sie zögern.

Schon als Kind war Vanessa ausgesprochen schüchtern. Dabei gab es gar keinen Grund dafür, denn sie sah ansprechend aus und war sehr klug. Die junge Frau wusste selbst nicht, warum sie sich ständig für minderwertig hielt. Anfangs hatte sie versucht, dagegen anzukämpfen, doch dann wurde ihr die Anstrengung zu groß. Sobald sich ihr jemand näherte, fühlte sie sich unwohl, verspürte den Drang zu fliehen.

Als Jugendliche hatte sie nur eine Freundin, die ihre Zurückhaltung teilte. Doch dann verliebte sich diese und begann, fröhliche Veranstaltungen nicht nur zu mögen, sondern mit Freude daran teilzunehmen. Sie versuchte auch Vanessa von den Vorteilen des Amüsements mit anderen Mensch zu überzeugen, doch das blieb erfolglos. Schließlich verloren beide den Kontakt zueinander.

Gerade weil Vanessa so scheu war, meinte sie, nicht zu den anderen dazuzugehören, eben eine Außenseiterin zu sein. Das nährte ihr mangelndes Selbstwertgefühl zusätzlich. Als sich dann noch ihre Kollegen über ihr ständiges Erröten lustig machten, war sie dankbar, nur noch selten zu Besprechungen in dem Verlag erscheinen zu müssen.

Nun aber wollte sie sich aufraffen und den nahen Weihnachtsmarkt besuchen. Ohne sich zu schminken verließ sie gehüllt in einen grauen Mantel das Haus. Schon von Ferne hörte sie die liebliche Musik. Bald umschmeichelte auch der Geruch von gebrannten Mandeln, Glühwein und Bratwürsten ihre Nase. Ein leichtes Frösteln ließ Vanessa erzittern, als sie die vielen Paare, Familien mit Kindern und jungen Leute erspähte, die vergnügt an den Buden vorbeischritten, einkauften oder sich an Tischen zusammenfanden. Lachen und Worte verbanden sich zu einer Symphonie der Geselligkeit.

In dieser Menge war es für sie nicht schwierig, unsichtbar zu bleiben. Vanessa schaute sich die unterschiedlichen, dargebotenen Waren an, vermied dabei aber jeden Augenkontakt zu den Verkäufern. Sie wurde hungrig und entschloss sich, zuerst eine Thüringer Bratwurst zu essen. Vor der Bude standen Holztische mit Bänken. An deren Ende mit gebührendem Abstand zu anderen Menschen nahm sie mit ihrer Wurst Platz.

Gerade als sie herzhaft hineingebissen hatte, bemerkte sie etwas an ihrem Bein. Vanessa sah hinunter und entdeckte einen kleinen, verwahrlosten Hund, der bittend auf ihre Wurst schaute. Die junge Frau hatte nie eine besondere Beziehung zu Tieren gehabt, doch etwas in den Augen des Hundes ließ sie verharren. Dann blickte sie sich Hilfe suchend um, denn zu irgendjemandem musste das Tier doch gehören. Aber niemand schien den Kleinen zu vermissen.

Schon eilte der Betreiber der Würstchenbude herbei und der Hund versteckte sich sogleich unter dem Tisch.

»Verdammter Streuner.«, schimpfte der Mann. »Der lauert hier schon seit Tagen herum und belästigt meine Gäste.«

Vanessa lächelte nur und sagte: »Mich stört er nicht.«

Gerade als der Mann unter dem Tisch nach dem Tier suchen wollte, rief ihn jemand zurück an den Grill. Sogleich tauchte der Hund wieder neben Vanessa auf. Mit einem Schmunzeln gab sie ihm ein Stück ihrer Wurst. Der Kleine schien zufrieden, doch schaute die junge Frau gleich wieder an. Diesmal zeigten seine Augen aber keine Gier nach einem weiteren Stück Wurst sondern spiegelten Dankbarkeit und Vertrauen.

Niemand sonst an dem Tisch oder in der Umgebung schenkte dem Hund Aufmerksamkeit. Nur Vanessa konnte ihren Blick nicht von ihm lösen. Führte der Kleine auch ein Dasein in Einsamkeit, nur das Überleben in einer hektischen, lauten Welt im Sinn? Die Antwort spiegelte sich in seinen Augen. Plötzlich fühlte sich Vanessa unbehaglich und stand auf, um wieder nach Hause zu gehen. Aber der Hund folgte ihr.

Die junge Frau wusste nicht, was sie tun sollte. Das Tier verscheuchen? Es musste doch zu irgendjemandem gehören. Aber sie gehörte ja auch zu niemandem. So in ihre Gedanken versunken, erreicht sie das Haus, in dem sich ihre Wohnung befand. Sie öffnete die Tür, ging die Treppe hinauf und wusste, dass der Hund sie begleitete. Als sie in ihre Wohnung schritt, schaute sie sich um und sagte:

»Hier ist dein neues Zuhause.«

Als sie den Satz ausgesprochen hatte, war sie beinahe erschrocken, denn was sollte sie mit einem Hund anfangen. Aber dieser lief bereits ins Wohnzimmer. Dort beschnüffelte er die Möbel, rollte sich dann vor der Heizung zusammen und schloss die Augen.

Erstaunt über diese dreiste Selbstverständlichkeit betrachtete sie den ungewohnten Gast. Sein langes Fell war schmutzig und vollkommen verwahrlost, die kleinen, aufrecht stehenden Ohren waren kaum zu sehen. Nur die schwarz glänzende Nase lugte aus dem verfilzten Haufen hervor. Das gleichmäßige Heben und Senken des Körpers ließ auf tiefe Entspannung schließen.

So entspannt fühlte Vanessa sich aber nicht. Vielleicht war das Tier ja krank, verwurmt oder voller Flöhe. Sollte sie das Tierheim anrufen? Dort würde der Kleinen dann eingesperrt, bis sich jemand seiner erbarmte. Irgendetwas hinderte sie daran, diesen vernünftigen Weg zu gehen. Stattdessen fragte sie sich, ob die große Tankstelle in der Nähe wohl auch Hundefutter in ihrem Laden verkaufte.

Vanessa entschloss sich, dieses gleich mal herauszufinden, doch konnte sie sich trauen, den Hund kurz allein in ihrer Wohnung zu lassen? Sie ging zu ihm hin und streichelte ihn zum ersten Mal. Das Tier öffnete kurz die Augen, um sich dann wieder der Entspannung hinzugeben.

»Ich gehe kurz etwas einkaufen.«, flüsterte die junge Frau und eilte davon.

Auf der Tankstelle fand sie tatsächlich Dosenfutter. Früher hätte sie sich Gedanken darüber gemacht, was der Angestellte wohl von ihr denken mochte, wenn sie ganz offensichtlich das Wohlergehen ihres Hundes vergessen hatte. Doch heute brachte dessen abfälliger Blick sie nicht einmal zum Erröten.

Wieder in der Wohnung sank Vanessa auf ihr Sofa. Die Betrachtung des schlafenden Hundes beruhigte ihre aufgewühlten Gedanken. Also setzte sie sich an ihren Schreibtisch und fuhr mit der Übersetzung eines Romans fort. Doch sie bemerkte sofort, als der Hund sich erhob. Genüsslich streckte er sich und ging zur Tür. Dort bellte er einmal kurz.

»Natürlich.«, dachte Vanessa. »Der Kleine muss ja mal raus, um seine Geschäfte zu erledigen.«

Plötzlich fiel ihr auf, dass der Hund kein Halsband trug und sie auch keine Leine hatte. Hoffentlich herrschte wenig Autoverkehr, denn sie wollte mit dem Hund über die Straße in den nahen Park gehen.

Ihr tierischer Begleiter gebärdete sich ausgesprochen wohl erzogen, hielt an der Bordsteinkante und begann erst in der Grünanlage schnüffelnd umherzustreunen. Dann hob er sein Hinterbein und Vanessa erkannte erst jetzt sein Geschlecht. Ein Rüde also.

Bald trafen sie eine ältere Dame, die Vanessa vom Bäcker kannte, mit der sie aber noch nie ein Wort gesprochen hatte. Sie führte einen Pudel an der Leine.

»Oh, Sie haben nun auch einen Hund.«, begann diese das Gespräch. »Wie heißt er denn?«

Ohne groß Nachzudenken antwortete Vanessa: »Benny.«

Sogleich schaute dieser zu ihr auf und wedelte zum ersten Mal mit dem Schwanz.

»Das ist ja ein liebes Kerlchen.«, stellte die Dame fest. »Aber sie sollten ihn vielleicht mal zum Hundefrisör schicken. Nach meiner Erfahrung fühlen sich die Tiere mit dem langen Fell nicht sehr wohl. Ich vermute sogar, dass ihr Benny genauso wie mein Pudel kein Fell sondern Haare hat. Das hat zwar den Vorteil, dass der Hund sein Fell im Frühling und Herbst nicht wechselt, also weniger Haare verliert, aber diese verkletten schnell. Deswegen müssen sie ständig gepflegt werden. Ich gebe ihnen gern die Telefonnummer von meinem Hundefrisör.«

»Das ist sehr freundlich von Ihnen.«, bedankte sich

Vanessa und dachte sogleich daran, dass ihre Mutter Frisörin gewesen war, sie früh in diese Kunst einwies und als sie in Rente ging, ihr allerlei Utensilien geschenkt hatte.

Die beiden Frauen sprachen noch ein wenig über Hunde, bis jede in ihre Wohnung ging. Benny schien zufrieden und rollte sich gleich wieder vor der Heizung zusammen. Vanessa suchte derweil die Schneidewerkzeuge ihrer Mutter heraus. Als Jugendliche hatte sie oft Verwandte und Freunde frisiert. Sie zeigte dabei sogar großes Talent. Allerdings waren die Kunden damals zum Stillsitzen und Schweigen verdonnert worden. Konnte sie das von Benny auch erwarten?

»Hab keine Angst.«, flüsterte sie Benny zu. »Ich möchte Dich nur von diesen zotteligen, verfilzten Haaren befreien. Und anschließend wird gebadet. Du wirst sehen, dass Du dich dann viel besser fühlst.«

Der Hund ließ sich erstaunlicherweise die ganze Prozedur des Scherens, Waschens und Föhnens ohne Gegenwehr und vollkommen ruhig gefallen. Als Vanessa ihn danach anschaute, konnte sie selbst nicht glauben, was sie sah. Der kleine Kerl hatte nun honigfarbenes Fell und sah ganz entzückend aus. Spontan hob sie ihn auf ihren Schoß und knuddelte Benny.

Zwei Wochen später begleitete ein bildschöner,

braver und selbstbewusster Hund mit flottem Halsband, aber nicht an der Leine, Vanessa zu dem Weihnachtsmarkt, auf dem sie sich einst begegnet waren. Diesmal hatte sich die junge Frau zart geschminkt und trug eine zu Benny passende, honigfarbene Jacke. Ihr Haupt zierte ein neuer, modischer Haarschnitt. Unterwegs musste sie immer wieder stehen bleiben, um fröhlich mit Nachbarn zu plaudern. Kinder suchten ständig die Nähe von Benny und liebten es, ihn zu streicheln.

Sicher, dass niemand in Benny den ehemaligen Streuner erkennen würde, gingen sie zu dem Würstchenstand, wo sie ihm zu ersten Mal begegnet war. Plötzlich tauchte neben Vanessa ein Mann auf, der eine Mopshündin an der Leine führte, die Bennys Interesse weckte.

»Na, die beiden wären ja eine hübsche Mischung.«, sprach der Mann Vanessa lächelnd an. Bei dieser Vorstellung musste auch sie grinsen.

»Vielleicht kann ihr Rüde ja meiner Hündin etwas mehr Gehorsam beibringen.«

»Erwarten Sie von Frauen Gehorsam?«, fragte Vanessa scherzhaft.

»Selbstverständlich.«, antwortete der Mann und strahlte dabei über das ganze Gesicht. »Also folgen Sie mir zum Glühweinstand und lassen Sie sich von mir einladen.«

»Zu Befehl«, salutierte die junge Frau mit gespielter Ernsthaftigkeit und die leichte Röte, die nun ihre Wangen überzog, gab ihrem Antlitz eine beinahe überirdische Schönheit. Diese war kein Ausdruck von Verlegenheit mehr sondern von ungezwungener Freude. Glücklich schaute Vanessa auf Benny und hatte den Eindruck, er zwinkerte ihr zu.